大作家写给孩子的诗歌（上）

赵集广 编著

应急管理出版社
·北京·

图书在版编目（CIP）数据

大作家写给孩子的诗歌：上下册 / 赵集广编著． -- 北京：应急管理出版社，2024

ISBN 978 - 7 - 5237 - 0178 - 2

Ⅰ.①大… Ⅱ.①赵… Ⅲ.①儿童诗歌—诗集—世界 Ⅳ.①I18

中国国家版本馆 CIP 数据核字（2023）第 232402 号

大作家写给孩子的诗歌　上下册

编　　著	赵集广
责任编辑	郭浩亮
封面设计	华宇传承

出版发行	应急管理出版社（北京市朝阳区芍药居 35 号　100029）
电　　话	010 - 84657898（总编室）　010 - 84657880（读者服务部）
网　　址	www.cciph.com.cn
印　　刷	天津市天玺印务有限公司
经　　销	全国新华书店
开　　本	710mm×1000mm $^1/_{16}$　印张 18　字数 260 千字
版　　次	2024 年 1 月第 1 版　2024 年 1 月第 1 次印刷
社内编号	20231290　　　　　　定价　98.00 元（上下册）

版权所有　违者必究

本书如有缺页、倒页、脱页等质量问题，本社负责调换，电话：010 - 84657880

目录

第一章 点燃蓬勃的生命激情

生命总是美丽的 / 汪国真 ……………………………… 002

青春（节选）/ 席慕蓉 ………………………………… 006

我们准备着 / 冯至 …………………………………… 010

生如夏花（节选）/ [印度] 泰戈尔 | 郑振铎译 ………… 014

用生命影响生命 / [印度] 泰戈尔 | 郑振铎译 ………… 018

色彩 / 闻一多 ………………………………………… 022

第二章 生动绚丽的四季画卷

春的消息（节选）/ 金波 ·················· 026

一个夏天 / 顾城 ·················· 029

山中一个夏夜 / 林徽因 ·················· 032

我想把秋天寄给你 / 林徽因 ·················· 036

秋天 / 何其芳 ·················· 040

秋天的梦 / 戴望舒 ·················· 044

北方的冬天是冬天（节选）/ 徐志摩 ·················· 047

雪花的快乐（节选）/ 徐志摩 ·················· 050

第三章 新奇梦幻的日月星辰

星月的来由 / 顾城 ·················· 054

繁星 / 冰心 ·················· 057

天上的街市 / 郭沫若 ·················· 060

太阳礼赞（节选）/ 郭沫若 ·················· 064

太阳颂（节选）/ [印度] 泰戈尔 | 郑振铎译 ·················· 067

黄昏 / 闻一多 ·················· 070

第四章 如诗如画的山水美景

黄河颂（节选）/光未然……………………………………074

几种树/叶圣陶……………………………………………077

再别康桥/徐志摩…………………………………………080

我的心呀，在高原/[英国]罗伯特·彭斯|朱湘译………084

黄昏过泰山/林徽因………………………………………088

秋江的晚上/刘大白………………………………………091

海边（节选）/[印度]泰戈尔|郑振铎译…………………094

第五章 变幻莫测的自然现象

风/叶圣陶…………………………………………………098

雨景/朱湘…………………………………………………102

雨后天/林徽因……………………………………………105

在天晴了的时候/戴望舒…………………………………108

雨天/[印度]泰戈尔|郑振铎译……………………………112

细雨/朱自清………………………………………………115

露珠（节选）/[印度]泰戈尔|郑振铎译…………………118

云与波（节选）/[印度]泰戈尔|郑振铎译………………122

第六章 滋养孩子的稚嫩心灵

生活是多么广阔（节选）/ 何其芳 …………………………… 126

当生活凋零 /[印度] 泰戈尔 | 郑振铎译 …………………………… 129

笑的种子 / 李广田 …………………………… 132

假如生活欺骗了你 /[俄国] 普希金 | 穆旦译 …………………… 136

第一章

——点燃蓬勃的生命激情

生命总是美丽的

◎ 汪国真

不是苦恼太多
而是我们的胸怀不够开阔
不是幸福太少
而是我们还不懂得生活

忧愁时，就写一首诗
快乐时，就唱一支歌
无论天上掉下来的是什么
生命总是美丽的

第一章 点燃蓬勃的生命激情

走近诗人

汪国真（1956—2015），祖籍福建厦门，中国当代著名诗人、书画家、作曲家。他曾连续三次获得全国图书"金钥匙"奖，多篇作品入选各地教材。代表诗集有《年轻的潮》《年轻的思绪》《我微笑着走向生活》等。

诗临其境

有人说："诗的本质专在抒情。"从抒情性来讲，这首诗歌感情真挚，颇具励志性和感染力。诗人以独有的抒情方式、高度凝练的语句、巧妙的排比句式直抒胸臆（yì），表达了一种豁达、平易、恬淡的人生态度。而且全诗音律和谐，语言细腻，读来朗朗上口；同时全诗短小精悍（hàn）却简单凝练，如平时和孩子说话交谈一样通俗明了。在诗的结尾，诗人阐述了对生命的理解，明白地道出了在任何情况下，"无论天上掉下来的是什么，生命总是美丽的"。全诗前后呼应，深化主题，孩子并不需要过多的探究和分析，就能在吟诵之间读出诗的意味，并在不经意间产生心灵的共鸣，得到生活的启示。

🖋 大师名句

人生天地间，忽如远行客。
　　——（汉）佚名《青青陵上柏》

【赏析】生于天地间的人们，就好比匆匆远行的过客。

离离原上草，一岁一枯荣。
　　——（唐）白居易《赋得古原草送别》

【赏析】原野上长满茂盛的青草，每到秋冬时枯黄，春天又长得繁茂。

一生复能几，倏（shū）如流电惊。
　　——（东晋）陶渊明《饮酒·其三》

【赏析】一生又能有多久，快似闪电令人心惊。

🖋 名句应用

古人语：人生天地间，忽如远行客。生命就像太空中的一颗流星，转瞬即逝。也许一道亮丽的风景，一段美妙的乐曲，一篇沁人心脾的美文，就会让你回味无穷，进而发自内心地感谢生命带给你的快乐与美好。

青春（节选）

◎ 席慕蓉

所有的结局都已写好

所有的泪水也都已启程

却忽然忘了是怎么样的一个开始

在那个古老的不再回来的夏日

无论我如何地去追索

年轻的你只如云影掠过

而你微笑的面容极浅极淡

逐渐隐没在日落后的群岚（lán）

第一章 点燃蓬勃的生命激情

遂翻开那发黄的扉（fēi）页
命运将它装订得极为拙劣（zhuō liè）
含着泪我一读再读
却不得不承认
青春是一本太仓促（cāng cù）的书

☀ 走近诗人 ☀

席慕蓉（1943—），蒙古族，现代著名诗人、散文家、画家。代表作品有诗集《七里香》《无怨的青春》《时光九篇》《边缘光影》《迷途诗册》《我折叠着我的爱》，散文集、画册以及选本等50余种，读者遍及海内外，诗作被译为多国文字。

☀ 诗临其境 ☀

人的一生中，最令人留恋的就是青春时光。《青春》是一首长诗，这里是节选部分。诗人以秀丽的语言、婉转的情致，描绘了一首青春之歌，就像是一个人独坐在落幕后的剧场，追忆舞台上曾经流淌过的精彩乐章。虽然诗里弥漫着诗人对青春远逝的无限怀恋，但是诗人又像是在和读者对话：你希望自己的青春是一本什么样的书？在这里，诗人独出心裁地把青春比作"一本书"，引发读者对生命意义的思考：生命是丰富多彩的，还是苍白空虚的？这首诗表达了诗人在追寻青春的同时，更是在追寻火热蓬勃的生命。当你认识到青春的短暂，自然也就理解了生命的内涵。

🖋 大师名句

盛年不重来，一日难再晨。
——（东晋）陶渊明《杂诗》

【赏析】青春一旦过去便不可能重来，一天之中永远看不到第二次日出。

人生如梦，一尊还酹（lèi）江月。
——（宋）苏轼《念奴娇·赤壁怀古》

【赏析】人生犹如一场梦，举起酒杯祭奠这万古的明月。

天地无终极，人命若朝霜。
——（魏）曹植《送应氏》

【赏析】天地是永恒的，永无终极，人生是极其短暂的，就像早上的霜露，绚烂夺目一时，转瞬即逝。

🖋 名句应用

盛年不重来，一日难再晨。时间犹如川流不息的河水，无情地流向远方。如果我可以有多一点的时间，我愿驶一叶扁舟，在无尽的书海里尽情地畅游。

我们准备着

◎ 冯至

我们准备着深深地领受
那些意想不到的奇迹,
在漫长的岁月里忽然有
彗星的出现,狂风乍(zhà)起。

我们的生命在这一瞬间,
仿佛在第一次的拥抱里
过去的悲欢忽然在眼前
凝结成屹(yì)然不动的形体。

我们赞颂那些小昆虫,
它们经过了一次交媾(gòu)
或是抵御了一次危险,
便结束它们美妙的一生。
我们整个的生命在承受
狂风乍起,彗星的出现。

走近诗人

冯至，原名冯承植，现代诗人、学者、翻译家。诗歌风格独特，被鲁迅称赞为"中国优秀的抒情诗人"。代表作有小说《伍子胥（xū）》，散文集《山水》，诗集《昨日之歌》《十四行集》，译作《给一个青年诗人的十封信》《海涅（niè）诗选》，学术专著《杜甫传》《冯至学术论著自选集》等。

诗临其境

《我们准备着》作为冯至《十四行集》的开篇之作，寄寓了诗人对生命的洞察与感悟。这首诗围绕"意想不到的奇迹"这一核心主题，引入了生命中不得不"承受"的各种经历，如"彗星的出现""狂风乍起"等，这些惊心动魄的场景或壮丽或危险，但都只是生命的一瞬。结尾的"小昆虫"，好比身处宏大世界和宇宙之间的人的化身，在时间的永恒和空间的无限面前，人的生命就像昆虫一般短暂。正因如此，我们更要赞誉生命的伟大，珍惜宝贵的生命。

大师名句

及时当勉励，岁月不待人。

——（东晋）陶渊明《杂诗》

【赏析】应当趁年富力强之时勉励自己，光阴流逝，并不等待人。

白日何短短，百年若易海。

——（唐）李白《短歌行》

【赏析】白天何其短暂，百年光阴很快就过去了。

年难留，时易陨。

——（南朝）谢惠连《鞠（jū）歌行》

【赏析】年少的时光一下子就过去了，留不住，时间很容易流逝。

名句应用

通往成功的路上也许我们会遭遇挫折，但只要我们为之奋斗过，就会有所收获。这让我想起了陶渊明的一首诗：及时当勉励，岁月不待人。对于来无影去无踪的时间，我们更应勇敢地接受现实，抓住人生最美好的光阴，不让自己留下遗憾。

生如夏花（节选）

◎［印度］泰戈尔 | 郑振铎（duó）译

生命，一次又一次轻薄过
轻狂不知疲倦
——题记

我听见回声，来自山谷和心间
以寂寞的镰刀收割空旷的灵魂
不断地重复决绝，又重复幸福
终有绿洲摇曳在沙漠
我相信自己

第一章 点燃蓬勃的生命激情

生来如同璀璨（cuǐ càn）的夏日之花

不凋（diāo）不败，妖冶（yě）如火

承受心跳的负荷和呼吸的累赘（zhuì）

乐此不疲

走近诗人

泰戈尔（1861—1941），印度诗人、文学家、作家、艺术家，获得诺贝尔文学奖的亚洲人。代表作有《吉檀迦（tán jiā）利》《飞鸟集》《眼中沙》《四个人》《家庭与世界》《园丁集》《新月集》《最后的诗篇》《戈拉》《文明的危机》等。

郑振铎（1898—1958），作家、诗人、学者、翻译家，一生著述颇丰，有专著《中国俗文学史》《中国文学论集》等，译著《飞鸟集》《新月集》等。

诗临其境

《生如夏花》出自泰戈尔《飞鸟集》，诗人用夏花比喻生命的短暂和脆弱，这其实是在提醒人们，生命是如此短暂而珍贵，生命除了美丽，还会有不完美的地方和不如意的结局。诗人用秀丽的语言展现出夏花绚烂的色彩、芬芳的香气，以及花朵在微风中摇曳的姿态。这也是在提醒人们，要保持积极向上的心态，这样才能给自己和他人带来快乐和希望。诗人通过将夏花与生命相联系，呼唤人们要意识到生命的短暂，要像夏季的花朵那般争相盛开，努力绽放。全诗语言清丽，意味隽（juàn）永，将抒情和哲思完美结合，给人以无尽的美感和启迪。

🖋 大师名句

人间有味是清欢。
——(宋)苏轼《浣溪沙·细雨斜风作晓寒》

【赏析】人间真正有滋味的还是清淡的欢愉。

白发催年老,青阳逼岁除。
——(唐)孟浩然《岁暮归南山》

【赏析】白发渐渐增多催人慢慢老去,岁暮已至,新春已经快要到来了。

人生代代无穷已,江月年年只相似。
——(唐)张若虚《春江花月夜》

【赏析】人生在世,总是一代又一代地绵延相传,永无止尽;那江上的明月却是一年复一年,恒久不变。

🖋 名句应用

苏轼曾说过:人间有味是清欢。我们应该学会在繁忙的生活中寻找简单纯粹的快乐,哪怕是一朵花、一曲乐、一瓢饮……于不经意间细嗅落花流水,淡看清风明月,生命这条长河才会奔流不息。

用生命影响生命

◎［印度］泰戈尔｜郑振铎译

把自己活成一道光，
因为你不知道，
谁会借着你的光，
走出了黑暗。
请保持心中的善良，
因为你不知道，
谁会借着你的善良，
走出了绝望。

第一章　点燃蓬勃的生命激情

请保持你心中的信仰，
因为你不知道，
谁会借着你的信仰，
走出了迷茫。
请相信自己的力量，
因为你不知道，
谁会因为相信你，
开始相信了自己……

走近诗人

泰戈尔（1861—1941），印度诗人、文学家、作家、艺术家，获得诺贝尔文学奖的亚洲人。代表作有《吉檀迦利》《飞鸟集》《眼中沙》《四个人》《家庭与世界》《园丁集》《新月集》《最后的诗篇》《戈拉》《文明的危机》等。

郑振铎（1898—1958），作家、诗人、学者、翻译家，一生著述颇丰，有专著《中国俗文学史》《中国文学论集》等，译著《飞鸟集》《新月集》等。

诗临其境

泰戈尔的作品深受印度文化和宗教的影响，同时也受到西方文学和哲学的启发。《用生命影响生命》表达了诗人对生命意义和价值的见解与思考，探讨了一个人应如何用自己的生命影响他人，并通过奉献和服务他人来实现内心的满足和成长。全诗通过排比的句式，用简洁而有力的文字引导读者思考生活的意义，并提醒我们每个人都应该用自己的方式对世界产生积极的影响。

大师名句

生当作人杰,死亦为鬼雄。

——(宋)李清照《夏日绝句》

【赏析】活着就要当人中的俊杰,死了也要做鬼中的英雄。无关功利,为给生命一个交代。

人生天地之间,若白驹(jū)之过隙,忽然而已。

——(战国)庄子《庄子》

【赏析】人生于天地之间,就像白色的骏马在缝隙前飞快地越过,很快就过完一生了。

劝君莫惜金缕衣,劝君须惜少年时。

——(唐)无名氏《杂诗》

【赏析】我劝你不要太注重追求功名利禄,应该珍惜少年的青春时光。

名句应用

俗话说:人生天地之间,若白驹之过隙,忽然而已。人总是要面对死亡的,任何生命都无法抗拒时间的无情吞噬。为此,我们一定要珍惜生命,珍惜时间,不要让它白白地流失。

色彩

◎ 闻一多

生命是张没价值的白纸，

自从绿给了我发展，

红给了我热情，

黄教我以忠义，

蓝教我以高洁，

粉红赐我以希望，

灰白赠我以悲哀；

再完成这帧(zhēn)彩图，

黑还要加我以死。

从此以后，

我便溺爱于我的生命，

因为我爱他的色彩。

走近诗人

闻一多（1899—1946），本名家骅，字友三，湖北省黄冈市浠水县人，1916年开始在《清华周刊》上发表系列读书笔记。中国现代诗人、学者。代表作品有《红烛》《死水》等。2009年，闻一多被评为100位为新中国成立做出突出贡献的英雄模范人物之一。

诗临其境

这首诗中，诗人运用比喻、象征、排比等手法，说明生命即色彩的结合，表达了他对生命的热爱。例如，诗人把生命比作一张"没价值的白纸"，让全诗充满热烈、奔放的感情基调；诗人通过大胆的想象，赋予颜色以各种象征意义，如红色象征热情、黄色象征忠义、蓝色象征高洁、粉红象征希望等，从而揭示了各种色彩的价值。在这首诗中，每一句都是一幅画，每一个意象都能够让读者感受到生动的画面感。在诗人眼里，色彩象征着美，代表了我们的各种情感，这便是生命的价值。而有了这样的美，生命才是可爱的、珍贵的。

大师名句

野火烧不尽,春风吹又生。
——(唐)白居易《赋得古原草送别》

【赏析】野火无法烧尽满地的野草,春风吹拂,又生长出遍地茂盛的野草。

人生自古谁无死,留取丹心照汗青。
——(宋)文天祥《过零丁洋》

【赏析】自古以来,人终不免一死;倘若能为国尽忠,死后仍可光照千秋,青史留名。

天生我材必有用,千金散尽还复来。
——(唐)李白《将(qiāng)进酒》

【赏析】我既然生在这个世界上,我就必然是有用处的,千金花完了也可以再赚回来。

名句应用

春天到了,到处弥漫着生命的气息。就连被路人冷落的野草也冒出了新芽,真可谓野火烧不尽,春风吹又生。娇嫩的野草虽然没有花香,没有树高,但是它有着无畏的顽强精神。

第二章

——生动绚丽的四季画卷

春的消息(节选)

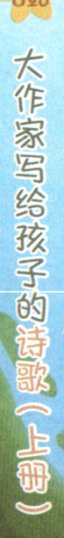

◎ 金波

风,摇绿了树的枝条,
水,漂白了鸭的羽毛,
盼望了整整一个冬天,
你看,春天已经来到!

让我们换上春装,
像小鸟换上新的羽毛,
飞过树林,飞上山冈,
到处有春天的欢笑。

走近诗人

金波（1935—），原名王金波，河北冀州人。历任首都师范大学教授、中国作协儿童文学委员会委员。作品曾获国家图书奖及"五个一工程"奖、中国作协全国优秀儿童文学奖、宋庆龄儿童文学奖及1992年国际安徒生奖提名等。代表作品有《金波儿童诗选》《金波儿童诗集》《金波童话》《金波儿歌》《金波作品精选》等，孩子们亲切地称呼他为"金波爷爷"。

诗临其境

这首诗共六节，这里节选的是前两节，诗人以清新优美的语言引导孩子去欣赏大地回春时的动人景象。诗人描述了最具特点的景物：春风、春水、小鸟……字里行间流露出人们告别冬天、喜迎春天的愉悦之情。全诗的第一小节就像是一个个特写镜头，将春风、树枝、春水、鸭子串联成一幅春意盎然的图画，春天的美好瞬间跃然纸上。在第二小节，诗人童心未泯，描写了换了春装的孩子们，一个个都欢笑着投入大自然的怀抱，尽情寻找春天的消息。

全诗语言清新，节奏明快，读来朗朗上口，不仅描写了孩子们殷切地盼望春的到来，还抒写了他们在大自然中努力寻找并感受春的消息。全诗表达了诗人对春天、对大自然浓浓的爱意，将喜悦之情表现得淋漓尽致。

🖋 大师名句

迟日江山丽,春风花草香。

——(唐)杜甫《绝句》

【赏析】江山沐浴着春光,多么秀丽,春风送来花草的芳香。

春眠不觉晓,处处闻啼鸟。

——(唐)孟浩然《春晓》

【赏析】春日里贪睡不知不觉天已破晓,搅乱我酣眠的是那啁啾(zhōu jiū)的小鸟。

最是一年春好处,绝胜烟柳满皇都。

——(唐)韩愈《早春呈水部张十八员外》

【赏析】一年之中最美的就是这早春的景色,远胜过绿柳满城的暮春。

🖋 名句应用

一夜之间,春姑娘便迈着轻盈的步伐悄然无息地来到了人间。你瞧,绿油油的小草从地里钻出了"小脑袋";你听,小鸟在树上叽叽喳喳地叫着;你闻,那是清新的花草香……春回大地,果真像杜甫说的那样,迟日江山丽,春风花草香。我爱这生机勃勃的春天!

一个夏天

◎ 顾城

中午的影子让我忧愁
它向西边就飘过去了
一枝枝都像水草的叶子

一个夏天就这样生活
水湾平静地流着洪水
一支歌唱出了许多歌

敲一敲台阶下还有台阶
石头打出苹果的青涩
一棵树也锯成许多许多

烟和咳嗽最喜欢搅和
娃娃笑总比哭令人快活
风起时门前已经空廓

走近诗人

顾城（1956—1993），原籍上海，成长于诗人之家，是我国新时期朦胧诗派的代表人物，被称为以一颗童心看世界的"童话诗人"。顾城在新诗、旧体诗和寓言故事诗上都有很高的造诣，尤其是《一代人》中的"黑夜给了我黑色的眼睛/我却用它寻找光明"，堪称中国新诗的经典名句。

诗临其境

夏天有多美？夏天该如何度过呢？在顾城的这首《一个夏天》里，你会读到最诗意的回答。诗人运用丰富的想象和细腻的描写，绘出了一幅既充满趣味又弥漫着诗意的夏日美景。比如，在这首夏之歌里，诗人没有特意写夏天独有的炙热，而是从夏天的光与影的视角，让我们体会到炎炎夏日中，人们的影子就像一片片水草，在肆意张扬的季节蓬勃着、旺盛着。如此，夏天独有的魅力和生机勃勃的氛围顿时跃然纸上，让人心生欢喜。又如，在诗人笔下，当欢快的水湾淌着"洪水"，耳畔传来潺（chán）潺水声时，心情一定是莫名安宁，无比欢愉。原来，大自然才是最出色的指挥家！

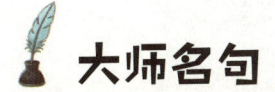

🖋 大师名句

小荷才露尖尖角,早有蜻蜓立上头。
——(宋)杨万里《小池》

【赏析】娇嫩的小荷叶刚从水面露出尖尖的角,早有一只调皮的小蜻蜓立在它的上头。

明月别枝惊鹊,清风半夜鸣蝉。
——(宋)辛弃疾《西江月·夜行黄沙道中》

【赏析】天边的明月升上了树梢,惊飞了栖息在枝头的喜鹊。清凉的晚风仿佛吹来了远处的蝉叫声。

黄梅时节家家雨,青草池塘处处蛙。
——(宋)赵师秀《约客》

【赏析】梅雨时节家家户户都被烟雨笼罩着,长满青草的池塘边上,传来阵阵蛙声。

🖋 名句应用

夏日里,一片片娇嫩的荷叶刚从水面露出尖尖的角,一只调皮的蜻蜓早已立在它的身上。忽地想起杨万里的《小池》,小荷才露尖尖角,早有蜻蜓立上头,一份欢喜油然而生,而这和谐温馨的场景,更是让人流连忘返。

山中一个夏夜

◎ 林徽因

山中一个夏夜,深得
　像没有底一样;
黑影,松林密密的;
　周围没有点光亮。
对山闪着只一盏灯——两盏
像夜的眼,夜的眼在看!

满山的风全蹑着脚
像是走路一样
躲过了各处的枝叶
各处的草,不响。
单是流水,不断的在山谷上
石头的心,石头的口在唱。

均匀的一片静,罩下
像张软垂的幔帐。
疑问不见了,四角里
模糊,是梦在窥探?
夜像在祈祷,无声的在期望,
幽郁的虔诚在无声里布漫。

走近诗人

林徽因（1904—1955），原名林徽音，福建福州人。中国诗人、作家、建筑学家，胡适称其为"中国一代才女"。少年成名，游历世界，学贯中西，后半生历经战乱。诗文透彻深远，清新秀丽。她一生著述不多，但均属佳作，代表作有诗歌《你是人间的四月天》、小说《九十九度中》、散文《一片阳光》、译作《夜莺与玫瑰》等。

诗临其境

你知道山中的夏夜有怎样的美景吗？在这首《山中一个夏夜》中，诗人用高度凝练的诗歌语言向我们描绘了一幅唯美的画卷。夏夜，山中的松林密密层层，风蹑着脚在林间穿梭，石头在心中歌唱，就连流水都像是在指尖跳舞一样……诗虽短，但是想象丰富，意象新颖，诗人用光亮、声音把山中夏夜描绘得细致入微。如"对山闪着只一盏灯——两盏／像夜的眼，夜的眼在看！"多么形象的描述，简直出神入化。读这样一首小诗，不自觉地感觉夏日里燥热的空气，瞬间凉爽了下来。短短几行，不仅让我们感受到诗人灵动的文笔，精细、微妙的艺术感受力，更展现出诗人真挚细腻的内心世界。

🖋 大师名句

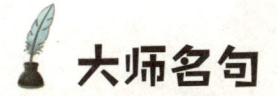

接天莲叶无穷碧,映日荷花别样红。

——(宋)杨万里《晓出净慈寺送林子方》

【赏析】那密密层层的荷叶铺展开去,与蓝天相连接,一片无边无际的青翠碧绿;那亭亭玉立的荷花竞相盛开,在阳光的辉映下,显得格外鲜艳娇红。

梅子金黄杏子肥,麦花雪白菜花稀。

——(宋)范成大《四时田园杂兴·其二十五》

【赏析】一树树梅子变得金黄,杏子也越长越大了;荞麦花一片雪白,油菜花倒显得稀稀落落。

绿树阴浓夏日长,楼台倒影入池塘。

——(唐)高骈(pián)《山亭夏日》

【赏析】绿树的阴影非常浓密,夏日的白天特别漫长,楼台的倒影清晰地映入了平静的池塘。

🖋 名句应用

一时间,风儿掠过水面,泛起阵阵涟漪(lián yī),荷花也随风摇摆,显出婀娜姿态。尤其是这成片的荷叶,让人不由得想到接天莲叶无穷碧,映日荷花别样红,而荷花的超然脱俗更是让人看了心旷神怡。

我想把秋天寄给你

◎ 林徽因

我想把秋天寄给你

包括满地的金黄和硕（shuò）果

是这个秋天独有的颜色和璀璨

我路过了晚风

秋天就是我的了

我想把秋天寄给你

包括整个夏天我的诗和日记

是这个年龄才有的期许与勇敢

我路过了你

以为你就是我的了

我想把秋天寄给你

包括我和我的心脏

趁你正好在遥望这里的秋天

趁我们还有金风玉露的年华

趁我们都在半醉半醒之间

趁我们都还相信人间欢爱

所以

我想把

秋天寄给你

包括整个秋天

都寄给你

走近诗人

林徽因（1904—1955），原名林徽音，福建福州人。中国诗人、作家、建筑学家，胡适称其为"中国一代才女"。少年成名，游历世界，学贯中西，后半生历经战乱。诗文透彻深远，清新秀丽。她一生著述不多，但均属佳作，代表作有诗歌《你是人间的四月天》、小说《九十九度中》、散文《一片阳光》、译作《夜莺与玫瑰》等。

诗临其境

秋天，是一个充满美感和诗意的季节。在《我想把秋天寄给你》这首诗中，林徽因向孩子们展现了秋天的美丽和神秘。在她的笔下，秋天的美丽多种多样。比如，秋天是金黄的，秋天是硕果累累的，秋天是璀璨的……不仅如此，在诗人眼里，秋天还有一种可以渗透人心的力量，藏着一种无法言喻的情感。为此，她迫不及待地想把秋天"寄"给每一个人，让每一个人都能够领略到秋天的美丽和神秘。全诗用词优美，想象丰富，表达富有韵味，可以让我们感受到秋天带来的清新、舒适与愉悦。

🖋 大师名句

落霞与孤鹜（wù）齐飞，秋水共长天一色。
——（唐）王勃《滕王阁序》

【赏析】落日映射下的彩霞与孤独的野鸭一齐飞翔，秋天的江水和辽阔的天空连成一片，浑然一体。

湖光秋月两相和，潭面无风镜未磨。
——（唐）刘禹锡《望洞庭》

【赏析】秋天的夜晚，月光和水色交融在一起，湖面就像不用磨拭的铜镜，平滑光亮。

山明水净夜来霜，数树深红出浅黄。
——（唐）刘禹锡《秋词二首》

【赏析】秋天了，山明水净，夜晚已经有霜；树叶由绿色转为浅黄色，其中却有几棵树叶呈红色，在浅黄色中格外显眼。

🖋 名句应用

有的人喜欢炽热的太阳，有的人喜欢皎洁的月亮，有的人喜欢夜空的繁星，而我独爱绚丽的晚霞，尤其是落霞与孤鹜齐飞，秋水共长天一色那如诗如画的一幕。此时的晚霞就像是一朵硕大的莲花，怒放在天边，秋水与辽阔的天空瞬间浑然一体，一起做着最后的谢幕！

秋天

◎ 何其芳

震落了清晨满披着的露珠,
伐木声丁丁地飘出幽谷。
放下饱食过稻香的镰刀,
用背篓来装竹篱间肥硕的瓜果。
秋天栖息在农家里。

向江面的冷雾撒下圆圆的网,
收起青鳊(biān)鱼似的乌桕(jiù)叶的影子。
芦篷上满载着白霜,
轻轻摇着归泊的小桨。
秋天游戏在渔船上。

草野在蟋蟀声中更寥（liáo）阔了。

溪水因枯涸（hé）见石更清冽（liè）了。

牛背上的笛声何处去了，

那满流着夏夜的香与热的笛孔？

秋天梦寐在牧羊女的眼里。

走近诗人

何其芳（1912—1977），诗人、散文家、文学评论家。北京大学哲学系毕业，是"汉园三诗人"之一。大学期间所写的散文集《画梦录》获得了1936年《大公报》文艺奖金。其代表作有：诗集《预言》、散文集《画梦录》《还乡杂记》等。

诗临其境

在《秋天》这首诗中，诗人勾勒出一幅绚丽多彩的乡村秋景图，抒发了他对恬淡悠闲的田园生活的向往，以及对秋天的热爱和赞美之情。第一节描写了两个场景——山谷伐木、篱间背瓜果，在听觉、视觉和触觉上营造出一种松弛、闲适的氛围。比如，伐木的叮叮声悠远地飘来，诉诸听觉；震落了清凉的露珠，诉诸视觉和触觉。第二节运用比喻的修辞手法，体现了清凉、冷寂、朦胧的气氛。将乌桕叶的影子比喻成青鳊鱼，让画面顿时变得悠远而充满神韵。第三节从草野、蟋蟀和溪水写起，然后选取"牧羊女的眼里"这一特定角度，由景入情，写得含蓄而又精彩，仿佛听到了来自心灵深处的声音，整首诗也随之"飘浮"起来了。全诗看似简单、直白，实则意味深长。

大师名句

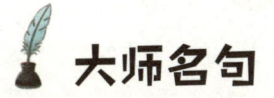

停车坐爱枫林晚，霜叶红于二月花。

——（唐）杜牧《山行》

【赏析】停下车来，是因为喜爱这枫林晚景，那霜染的枫叶竟比二月的鲜花还要火红。

八月秋高风怒号（háo），卷我屋上三重茅。

——（唐）杜甫《茅屋为秋风所破歌》

【赏析】八月深秋时节，狂风吼叫，卷走了我屋顶上好几层茅草。

终古高云簇此城，秋风吹散马蹄声。

——（清）谭嗣同《潼关》

【赏析】自古以来，高高的云层就聚集在这座雄关之上，秋风阵阵总是吹散嗒嗒的马蹄声。

名句应用

在这霜叶红于二月花的秋日，纵使没有春天那种百花齐放的艳美，我也依旧热爱这个别样季节。金秋的阳光温暖和煦，金秋的白云轻柔飘逸，金秋的田野硕果累累，就连那霜染的枫叶也比二月的鲜花还要火红。

秋天的梦

◎ 戴望舒

迢（tiáo）遥的牧女的羊铃，
　　摇落了轻的树叶。

秋天的梦是轻的，
　　那是窈窕（yǎo tiǎo）的牧女之恋。

于是我的梦静静地来了，
　　但却载着沉重的昔日。

哦，现在，我是有一些寒冷，
　　一些寒冷，和一些忧郁。

走近诗人

戴望舒（1905—1950），名承，字朝安，小名海山，曾用笔名梦鸥、江思等，现代著名诗人、翻译家，因《雨巷》成为传诵一时的名作而被称为"雨巷诗人"。早年就读于上海大学、复旦大学。无论理论还是创作实践，都对我国新诗的发展产生过相当大的影响。

诗临其境

秋天，自然万物开始衰败，到处充满了诗意。戴望舒的这首《秋天的梦》字里行间充盈着深邃（suì）的意境，表现了独特的艺术风格。全诗从迢遥牧女的羊铃，到近处摇落的树叶，再到寒冷忧郁的"我"，勾勒出秋天特有的安静与美丽，俨然是一幅幽远深长的画面。比如，轻盈的树叶，是如此曼妙、清纯而温暖；当金色的阳光洒在金黄的树叶和远方牧羊少女的身上时，感觉又是如此安静、幽远。在这首诗的后半部分，诗人巧妙地运用对比手法，将牧羊女轻盈美丽的梦与诗人沉重的梦形成鲜明对比，映射出诗人的内心世界，读来意境深远，隽永悠长。

大师名句

月落乌啼霜满天,江枫渔火对愁眠。
——(唐)张继《枫桥夜泊》

【赏析】月亮已落下,乌鸦不停啼叫,秋霜漫天,江边枫树映衬着船上渔火点点,只剩我独自对愁而眠。

银烛秋光冷画屏,轻罗小扇扑流萤。
——(唐)杜牧《秋夕》

【赏析】在秋夜里烛光映照着画屏,手拿着小罗扇扑打萤火虫。

荆(jīng)溪白石出,天寒红叶稀。
——(唐)王维《山中》

【赏析】荆溪清澈,可以看见水底的白石,天气寒冷树上的红叶越来越稀。

名句应用

深秋时节,北风呼呼地怒号着,月亮早已落下,只有那栖息在树上的乌鸦时不时地鸣叫几声,石头上、树上到处是秋霜……可谓是*月落乌啼霜满天*。只是那渔船上的灯火,让我心生忧愁,久久不能入睡。

北方的冬天是冬天（节选）

◎ 徐志摩

北方的冬天是冬天，
满眼黄沙漠漠的地与天；
赤膊的树枝，硬搅着北风先——
一队队敢死的健儿，傲立在战阵前！
…………

北方的冬天是冬天！
满眼黄沙茫茫的地与天；
田里一只困顿的黄牛，
西天边画出几线的悲鸣雁。

☀ 走近诗人 ☀

徐志摩（1897—1931），现代诗人、散文家，新月派代表诗人之一。1918年至1921年，先后赴美国和英国留学，深受欧美浪漫主义和唯美派诗风的影响。1923年，成立新月社，成为现代文学史上的标志性诗人之一。其代表作品有《再别康桥》《翡冷翠的一夜》《志摩的诗》《猛虎集》《落叶》等。

☀ 诗临其境 ☀

徐志摩的诗歌总是充满奇特的想象和比喻，给读者以新奇而美妙的体验。在这首诗的前四行和后四行里，诗人描绘了冬天特有的景致，有黄沙漠漠的天与地，有相对静态的"赤膊"的树，有呼啸而来的北风，还有略显困顿的牛以及悲鸣的大雁。全诗读来韵律和谐，富于变化，还巧妙地传达出诗人崇尚的不屈不挠的精神。值得注意的是，首尾呼应的写法可以使文章结构更加严密、紧凑，不仅给冬天的景象赋予了浓浓的诗意，还在不经意间营造出一种美妙的意境。

🖋 大师名句

千山鸟飞绝，万径（jìng）人踪灭。

——（唐）柳宗元《江雪》

【赏析】所有的山上，飞鸟的身影都已经绝迹；所有的道路，都看不到人的踪迹。

欲将轻骑（qí）逐，大雪满弓刀。

——（唐）卢纶《塞下曲》

【赏析】将军率领轻骑兵一路追杀，顾不得漫天的大雪已落满弓和刀。

墙角数枝梅，凌寒独自开。

——（宋）王安石《梅花》

【赏析】那墙角的几枝梅花，冒着严寒独自盛开。

🖋 名句应用

冬天一到，山里的雪就特别大、特别白，不到半天工夫，漫山遍野一片银白，就像是给大地披上了一件雪白的衣裳。放眼望去，俨然就是一幅千山鸟飞绝，万径人踪灭的情景。瞧，那晶莹的雪花就像冬天的小精灵，正悄无声息地来到人间。

雪花的快乐（节选）

◎ 徐志摩

假如我是一朵雪花，
翩翩地在半空里潇洒，
我一定认清我的方向——
飞扬，飞扬，飞扬，——
这地面上有我的方向。

不去那冷寞的幽谷，
不去那凄清的山麓，
也不上荒街去惆怅——
飞扬，飞扬，飞扬，——
你看，我有我的方向！

☀ 走近诗人 ☀

徐志摩（1897—1931），现代诗人、散文家，新月派代表诗人之一。1918年至1921年，先后赴美国和英国留学，深受欧美浪漫主义和唯美派诗风的影响。1923年，成立新月社，成为现代文学史上的标志性诗人之一。其代表作品有《再别康桥》《翡冷翠的一夜》《志摩的诗》《猛虎集》《落叶》等。

☀ 诗临其境 ☀

在《雪花的快乐》这首诗中，诗人借雪花的纯洁、飘逸、潇洒、自由等特点，表达了自己对一切美好事物的执着追求。从绘画的角度来看，诗人充分发挥想象力，把自己比喻为雪花，用文字描绘出雪花飘落的姿态和方向，营造出无穷的意境。尤其是"飞扬""不去""不上"等动词充分展现了雪花的运动轨迹，给人一种身临其境之感。从艺术手法来看，全诗语言点到即止，没有冗余之感，简洁之余给读者以更大的想象空间。从结构上来看，全诗句式整齐，其中部分文字运用反复的修辞手法，不仅语气渐强，情感也随之加重。另外，全诗破折号的运用，可谓起承转合，有条不紊，不仅承接前面的部分，还起到了加强情感的作用，值得我们日常写作时学习。

大师名句

柴门闻犬吠（fèi），风雪夜归人。

——（唐）刘长卿(qīng)《逢雪宿芙蓉山主人》

【赏析】柴门外忽传来犬吠声声，风雪夜茅屋的主人回来了。

北风卷地白草折，胡天八月即飞雪。

——（唐）岑参《白雪歌送武判官归京》

【赏析】北风席卷大地，白色的草被刮得折断了，塞北的天空八月就飞洒大雪。

孤舟蓑笠翁，独钓寒江雪。

——（唐）柳宗元《江雪》

【赏析】江面孤舟上，一位披戴着蓑笠的老翁，独自在大雪覆盖的寒冷江面上垂钓。

名句应用

雪花纷纷扬扬地飘落，大地是它的归宿。行人匆匆忙忙地赶路，家是他的归宿。在这银色的雪夜，霓虹灯早已熄灭，只听得咯吱咯吱的脚步声。而那风雪夜归人，正踏着如絮的雪层，朝着烛光摇曳的万家灯火走去。

第三章
——新奇梦幻的日月星辰

星月的来由

◎ 顾城

树枝想去撕裂天空

却只戳了几个微小的窟窿

它透出天外的光亮

人们把它叫做月亮和星星

走近诗人

顾城（1956—1993），原籍上海，成长于诗人之家，是我国新时期朦胧诗派的代表人物，被称为以一颗童心看世界的"童话诗人"。顾城在新诗、旧体诗和寓言故事诗上都有很高的造诣，尤其是《一代人》中的"黑夜给了我黑色的眼睛，我却用它寻找光明"堪称中国新诗的经典名句。

诗临其境

星星和月亮是我们再熟悉不过的事物，可是它们来自哪里呢？这首诗写于1968年，诗人顾城当时12岁。在这首朦胧诗中，诗人对星星和月亮表达了自己的喜爱之情，同时表现出无与伦比的想象力。在这首诗里，既有童话世界般的奇妙幻想，又有现代派诗歌典型的浪漫主义情怀。而且透过诗人清澈而透明的语言，孩子们也会情不自禁地以一颗好奇而敏感的心去感受世界。在顾城12岁的眼睛里，在那星与月的天外世界，似乎正有一个叫光明的小精灵栖居着，这又何尝不是一首令人感动而沉醉的诗歌呢？

🖋 大师名句

海上生明月，天涯共此时。

——（唐）张九龄《望月怀远》

【赏析】一轮明月从海上慢慢升起，远在天边的亲人这时候一定和我一样在凝视着它。

举杯邀明月，对影成三人。

——（唐）李白《月下独酌（zhuó）四首·其一》

【赏析】我举起酒杯邀请明月共饮，明月和我以及我的影子恰恰合成三人。

明月松间照，清泉石上流。

——（唐）王维《山居秋暝（míng）》

【赏析】明月映照在幽静的松林间，清澈的泉水在山石上淙淙流淌。

🖋 名句应用

海上生明月，天涯共此时。在这个充满温暖与爱的中秋佳节，大海的浩渺无垠与明月的皎洁无瑕交相辉映，一幅画面仿佛将天地间的深情厚谊都凝聚于此。虽然身处天涯海角，但人们彼此的心灵紧紧相连，这便是中秋的魅力所在。

繁星

◎ 冰心

一

繁星闪烁着——
深蓝的天空,
何曾听得见他们对语?
沉默中,
微光里,
他们深深的互相颂赞了。

走近诗人

冰心（1900—1999），原名谢婉莹，现代诗人、翻译家、儿童文学家，被称誉为"中国儿童文学奠基人"。祖籍福建福州，毕业于燕京大学，后赴美国留学。以五四作家的身份登上文坛，围绕母爱、童真和自然三大主题，创作了大量优秀的儿童文学作品，创作生涯长达80年。代表作品有《繁星》《春水》《寄小读者》《小橘灯》等，深受广大小读者的喜爱。

诗临其境

诗人通过这首诗抓住夏夜星空的特点，描绘出一幅繁星闪烁、天空深邃、星星互相颂赞的生动而优美的画面。诗人运用拟人的修辞手法，赋予星星以人的动作与情感，让全诗意境深邃、蕴藏哲理。星星都如此相亲相爱、"互相颂赞"，我们人类更应当消除隔阂（hé）、互敬互爱。当诗人面对深邃的天空时，随即展开了丰富的想象：那些闪烁着的繁星，一定是在频频对语。可是，太空如此广袤（mào）无边，即使众多星星在对语，谁又听得见？于是，诗人笔锋一转，展示了另一个想象的天地：我们之所以听不见繁星的对语，不是他们沉默了，也不是他们闹情绪了，而是繁星在浩渺无边的微光的笼罩下，陷入了深深的互相颂赞之中。夏天的夜晚，深蓝高远的天空，点点闪烁的繁星，真是令人遐（xiá）想无限啊！

🖋 大师名句

危楼高百尺，手可摘星辰。
　　——（唐）李白《夜宿山寺》

　　【赏析】山上寺院的楼真高啊，好像有一百尺的样子，人在楼上好像一伸手就可以摘下天上的星星。

迢迢牵牛星，皎（jiǎo）皎河汉女。
　　——（两汉）佚名《迢迢牵牛星》

　　【赏析】那遥远而亮洁的牵牛星，那皎洁而遥远的织女星。

七八个星天外，两三点雨山前。
　　——（宋）辛弃疾《西江月·夜行黄沙道中》

　　【赏析】天边几颗星星忽明忽暗，山前下起了淅淅沥沥的小雨。

🖋 名句应用

　　危楼高百尺，手可摘星辰。一想到这句诗，我的思绪就飞向了变幻莫测的星空。它有着明亮璀璨的北极星、动人心弦的神话故事，更承载着我对童年的美好回忆。

天上的街市

◎ 郭沫若

远远的街灯明了,
　好像闪着无数的明星。
　天上的明星现了,
　好像点着无数的街灯。

　我想那缥缈的空中,
　　定然有美丽的街市。
　街市上陈列的一些物品,
　　定然是世上没有的珍奇。

第三章 新奇梦幻的日月星辰

你看，那浅浅的天河，
　定然是不甚宽广。
那隔着河的牛郎织女，
定能够骑着牛儿来往。

　我想他们此刻，
　　定然在天街闲游。
　不信，请看那朵流星，
　是他们提着灯笼在走。

走近诗人

郭沫若（1892—1978），中国现代文学家、历史学家、考古学家、社会活动家，中国新诗和历史剧的奠基人之一，中国科学院首任院长。郭沫若是一位伟大的爱国者和革命者，也是一位多才多艺的艺术家，他在文学、历史、古文字、考古、书画、篆刻等领域都有着深厚的造诣和独特的风格，他的作品影响了几代读者。

诗临其境

这是一首充满着神奇瑰丽色彩的诗歌，一开始就把人们引入一个奇妙的境界。在这首诗中，诗人借助联想和想象的手法，描绘了天上的街市美好的生活图景。比如，在第一节，诗人由现实生活中的街灯，联想到了天上的"街灯"，使天上地下的美景相映生辉。第二节写想象中的街市，以"美丽""陈列"二词，衬托出天上仙境繁华迷蒙的背景，激起人们的想象。第三、第四节，由天上的街市进一步发挥联想和想象，想到天上牛郎织女的生活，还把流星想象为牛郎织女提着灯笼在街上闲游。全诗风格恬淡，语言自然清新，韵律和谐优美，特别是四个"定然"，表达了诗人对理想世界的追求和向往。

大师名句

天阶夜色凉如水，坐看牵牛织女星。
——（唐）杜牧《秋夕》

【赏析】在秋天清凉如水的月色下，宫女悠闲地躺卧在皇宫的院子里，昂起头看着夜空中的牵牛星和织女星。

秦时明月汉时关，万里长征人未还。
——（唐）王昌龄《出塞二首·其一》

【赏析】依旧是秦汉时期的明月和边关，可是去边防线打仗的战士还没有回来。

春风又绿江南岸，明月何时照我还。
——（宋）王安石《泊船瓜洲》

【赏析】温柔的春风又吹绿了江南的田野。天上的明月呀，你什么时候才能够照着我回家呢？

名句应用

*天阶夜色凉如水，坐看牵牛织女星。*夏日的傍晚，深邃的夜空中，星星一闪一闪地发着光。我静静地坐在绿草如茵的庭园中，看着繁星闪烁的天空，尽情地享受夏夜的凉爽与惬意。

太阳礼赞（节选）

◎ 郭沫若

青沉沉的大海，波涛汹涌着，潮向东方。
光芒万丈地，将要出现了哟——新生的太阳！

天海中的云岛都已笑得来火一样地鲜明！
我恨不得，把我眼前的障碍一概划（chǎn）平！

出现了哟！出现了哟！耿（gěng）晶晶地白灼的圆光！
从我两眸中有无限道的金丝向着太阳飞放。

太阳哟！我背立在大海边头紧觑（qù）着你。
太阳哟！你不把我照得个通明，我不回去！
太阳哟！你请永远照在我的面前，不使退转！
太阳哟！我眼光背开了你时，四面都是黑暗！

☀ 走近诗人 ☀

郭沫若（1892—1978），中国现代文学家、历史学家、考古学家、社会活动家，中国新诗和历史剧的奠基人之一，中国科学院首任院长。郭沫若是一位伟大的爱国者和革命者，也是一位多才多艺的艺术家，他在文学、历史、古文字、考古、书画、篆刻等领域都有着深厚的造诣和独特的风格，他的作品影响了几代读者。

☀ 诗临其境 ☀

古今中外，大诗人几乎都曾对太阳表示过赞颂。处于五四时期的郭沫若，在这首诗中表达了他激情高昂的一面。全诗共七节，每节两行，这里是节选部分。在前三节，诗人将日出前后的壮丽景象生动地展现在读者面前：辽阔的大海上，波涛汹涌澎湃，霞光万丈，一轮红日缓缓上升，将海上的云彩染成一片火红。其中，一个"笑"字，不仅表达了诗人的欢快之情，更让画面活跃起来。

从第四节开始，诗句均以"太阳哟"开头，这种整齐的句式和铿锵的韵脚，像是对太阳诉说一样，不仅强化了赞颂的语气和力量，还表达了诗人为光明献身的意愿。因为在诗人的心中，太阳是光明的象征，也是真理的象征，甚至是未来中国的象征。这首诗表现了诗人对美的热烈追求，而这种美不但包括自然美，还包括理想美。

大师名句

大漠孤烟直,长河落日圆。

——(唐)王维《使至塞上》

【赏析】在浩瀚无边的沙漠上,烽火台的一股浓烟直立上升,在空旷的黄河边,落日是那么圆,那么红。

日出江花红胜火,春来江水绿如蓝。

——(唐)白居易《忆江南》

【赏析】清晨,太阳从江面升起,把江边的鲜花照得比火红。春天来了,碧绿的江水绿得胜过蓝草。

千门万户曈(tóng)曈日,总把新桃换旧符。

——(宋)王安石《元日》

【赏析】初升的太阳照耀着千家万户,人们都忙着把旧的桃符取下,换上新的桃符。

名句应用

傍晚时分,苍凉的大漠广袤无边,微风吹过,泛起一层层黄色的灰尘。远方的狼烟直冲天穹(qióng),似乎要顶破云端。而那一轮落日则极其浑圆,在遥远的地平线上依然散发着昏黄的余晖。此情此景,让我不由得长叹一声:**大漠孤烟直,长河落日圆。**

太阳颂（节选）

◎ [印度] 泰戈尔 | 郑振铎译

啊，太阳，我的挚友，
绽放你的光耀金莲。
举起闪亮的巨斧，
劈开充满泪水和苦难的黑色云团。
我知道你端坐在莲花的中央，
披散的头发金光灿灿，
唤醒万物的梵唱，
飞舞自你怀中的燃烧的琴弦。

走近诗人

泰戈尔（1861—1941），印度诗人、文学家、作家、艺术家，获得诺贝尔文学奖的亚洲人。代表作有《吉檀迦利》《飞鸟集》《眼中沙》《四个人》《家庭与世界》《园丁集》《新月集》《最后的诗篇》《戈拉》《文明的危机》等。

郑振铎（1898—1958），作家、诗人、学者、翻译家，一生著述颇丰，有专著《中国俗文学史》《中国文学论集》等，译著《飞鸟集》《新月集》等。

诗临其境

自古以来，太阳就被视为光明和力量的源泉，给予人们温暖、阳光和生命的希望。泰戈尔的这首《太阳颂》，通过诗人诗情画意的描写，歌颂了太阳的伟大和光辉，展现了诗人对太阳的赞美和敬畏之情。不仅如此，这首赞美太阳的诗歌，还深层次地探讨了人类与自然的关系。诗人借助太阳这一形象，提醒我们要珍爱大自然，要学会与自然和谐相处，学会尊重和保护自然环境。

🖋 大师名句

东边日出西边雨，道是无晴却有晴。
——（唐）刘禹锡《竹枝词二首·其一》

【赏析】东方出太阳，西边落雨，你说它不是晴天吧，它又是晴天。

日照香炉生紫烟，遥看瀑布挂前川。
——（唐）李白《望庐山瀑布》

【赏析】香炉峰在阳光的照射下生起紫色的烟霞，从远处看去，瀑布就像是白色的绢绸悬挂在山前。

两岸青山相对出，孤帆一片日边来。
——（唐）李白《望天门山》

【赏析】两岸的青山相互对峙（zhi），一只小船从水天相接的远处悠然驶来，好似来自天边。

🖋 名句应用

夏日的午后就像变戏法一样，谁也不知道什么时候就会下起倾盆大雨。瞧，西边已经黑压压的一片，似乎马上就要有一场狂风暴雨来临，东边却还是艳阳高照，万里无云。用刘禹锡的诗句形容就是东边日出西边雨。

黄昏

◎ 闻一多

黄昏是一头迟笨的黑牛，
一步一步的走下了西山；
不许把城门关锁得太早，
总要等黑牛走进了城圈。

黄昏是一头神秘的黑牛，
不知他是哪一界的神仙——
天天月亮要送他到城里，
一早太阳又牵上了西山。

☀ 走近诗人 ☀

　　闻一多（1899—1946），本名家骅，字友三，湖北省黄冈市浠水县人，1916年开始在《清华周刊》上发表系列读书笔记。中国现代诗人、学者。代表作品有《红烛》《死水》等。2009年，闻一多被评为100位为新中国成立做出突出贡献的英雄模范人物之一。

☀ 诗临其境 ☀

　　在《黄昏》一诗中，诗人展开奇异的想象力，先是将黄昏时分的夜色比作"一头迟笨的黑牛"，读来新奇又独特。接着，诗人又抓住"黑牛"这一喻体的特点，将黄昏逐渐推进、夜色愈深愈浓这一抽象的景象，形象直观地表现出来。随着夕阳西沉，夜幕渐渐笼罩大地，眼前的景象显得自由、洒脱而又充满活力。在第二节，诗人着重突出黄昏的美妙和神秘，使读者不由得产生深切的沉思。在这首诗歌中，诗人大胆采用儿歌的语言，冲淡了诗歌中的沉重感。另外，诗人又用简洁凝练的语言点到为止，给读者留下了大量的思考空间。全诗语言朴实平直，体现出诗人真挚的感情。

🖋 大师名句

一道残阳铺水中，半江瑟（sè）瑟半江红。
——（唐）白居易《暮江吟》

【赏析】残阳倒映在江面上，霞光洒下，波光粼粼，江水一半呈现出碧绿色，一半呈现出红色。

夕阳无限好，只是近黄昏。
——（唐）李商隐《登乐游原》

【赏析】夕阳啊无限美好，只不过接近黄昏。

日暮苍山远，天寒白屋贫。
——（唐）刘长卿《逢雪宿芙蓉山主人》

【赏析】夜幕降临，连绵的山峦在苍茫的夜色中变得更加深远。天气寒冷，这所简陋的茅屋显得更加清贫。

🖋 名句应用

我曾见过日出江花红胜火的美景，也曾见过如海洋般纯净清明的天穹，而眼前这<u>一道残阳铺水中，半江瑟瑟半江红</u>的诗意画面，让我不由得感慨美轮美奂的夕阳奇观。霞光映射到水面上，江水一半红一半绿，这简直就是大自然的鬼斧神工。

第四章
——如诗如画的山水美景

黄河颂（节选）

◎ 光未然

啊，朋友！
黄河以它英雄的气魄，
出现在亚洲的原野；
它表现出我们民族的精神：
伟大而又坚强！
这里，我们向着黄河，
唱出我们的赞歌。
我站在高山之巅，望黄河滚滚，奔向东南。
惊涛澎湃，掀起万丈狂澜；
浊流宛转，结成九曲连环；
从昆仑山下奔向黄海之边，
把中原大地劈成南北两面。

☀ 走近诗人 ☀

光未然（1913—2002），原名张光年，湖北省光化县人，现代著名诗人、文学评论家。光未然一生笔耕不辍（chuò），潜心研究戏剧、音乐、中国古典文学等，创作了《黄河大合唱》《五月的鲜花》《屈原》等诗作。其中，《黄河大合唱》经冼（xiǎn）星海谱曲后风行全国。新中国成立后，担任过《剧本》《文艺报》《人民文学》主编。

☀ 诗临其境 ☀

自古以来，黄河就是中华民族的摇篮，全诗用"啊"领起，读来令人心潮澎湃。第一节的"英雄"一词，用拟人的修辞手法，赋予黄河以人的精神风貌，写出了黄河磅礴的气势，同时也奠定了全诗的情感基调，使人的心灵得到美的体验。例如，"伟大而又坚强"指出黄河的象征意义，它代表我们民族坚忍顽强的意志和不屈不挠的精神。"望黄河滚滚……"这里一个"望"字，一直统领到"把中原大地劈成南北两面"，把"黄河之水天上来，奔流到海不复回"的气势表现得十分充分。全诗用词明快，节奏鲜明。孩子诵读时，眼前会展现出一幅宏大的、波澜壮阔的雄伟图画。

大师名句

君不见，黄河之水天上来，奔流到海不复回。

——（唐）李白《将进酒》

【赏析】你难道没有看见吗？那黄河之水犹如从天上倾泻而来，波涛翻滚直奔大海，从来不会再往回流。

黄河远上白云间，一片孤城万仞（rèn）山。

——（唐）王之涣《凉州词二首·其一》

【赏析】遥望黄河如带，远远地流上白云间，一座孤零零的小城，依傍着万仞高山。

白日依山尽，黄河入海流。

——（唐）王之涣《登鹳雀楼》

【赏析】夕阳依傍着西山慢慢地落下，滔滔黄河朝着东海汹涌奔流。

名句应用

自古以来，黄河就是中华民族的母亲河，它用甘甜的乳汁哺育了一代又一代的中华儿女，孕育出灿烂的华夏文明。它那一泻万丈、浩浩荡荡的气势更是经得起风吹雨打，正所谓君不见，黄河之水天上来，奔流到海不复回。而这不正象征着中华民族不屈不挠的品格吗？

几种树

◎ 叶圣陶

杨树直挺几丈高，
柳树倒挂细枝条。
银杏叶子像扇子，
香椿（chūn）叶子像羽毛。
桃树杏树开花早，
马缨（yīng）开花春夏交。
松树柏树常年绿，
枫叶秋来红叶飘。

走近诗人

叶圣陶（1894—1988），原名叶绍钧（shào jūn），字秉（bǐng）臣、圣陶，现代作家、儿童文学家、教育家，有"优秀的语言艺术家"之称，他的童话构思新颖独特，描写细腻逼真，富于现实内容。其代表作有《稻草人》《隔膜》《线下》《倪焕之》《脚步集》《西川集》等。

诗临其境

这首诗歌以优美的语言、形象的比喻，介绍了几种树的形态，以及它们各自的特点，表达了诗人对大自然的热爱。诗歌优美的韵律，不仅易于激发孩子朗读的兴趣，还能激发孩子热爱自然的品质。全诗用词简洁明了，读来清新自然，让人不禁陶醉在这醉人的美景之中。而且诗人善于抓住生活中的点滴，从细节中感悟生活的乐趣，比如，银杏叶子像扇子，香椿叶子像羽毛等，画面形象鲜明，富有自然之美，表达了诗人对自由与真善美的追求。

🪶 大师名句

碧玉妆成一树高，万条垂下绿丝绦（tāo）。
　　——（唐）贺知章《咏柳》

【赏析】高高的柳树长满了翠绿的新叶，轻柔的柳枝垂下来，就像万条轻轻飘动的绿色丝带。

绿树村边合，青山郭外斜。
　　——（唐）孟浩然《过故人庄》

【赏析】翠绿的树林围绕着村落，苍青的山峦在城外横卧。

草长莺飞二月天，拂堤杨柳醉春烟。
　　——（清）高鼎《村居》

【赏析】农历二月，青草渐渐发芽生长，黄莺飞来飞去，轻拂堤岸的杨柳陶醉在春天的雾气中。

🪶 名句应用

　　又是一年春天来到，当我漫步在春色满园的庭院里，发现河边一排排的柳树就像一团团朦胧的绿雾，脑海里不禁蹦出《咏柳》中的诗句，碧玉妆成一树高，万条垂下绿丝绦。这如诗如画的美景真是让人流连忘返啊。

再别康桥

◎ 徐志摩

轻轻的我走了,

正如我轻轻的来;

我轻轻的招手,

作别西天的云彩。

那河畔的金柳,

是夕阳中的新娘;

波光里的艳影,

在我的心头荡漾。

软泥上的青荇（xìng）,

油油的在水底招摇;

在康河的柔波里,

我甘心做一条水草!

那榆荫下的一潭,

不是清泉,是天上虹;

揉碎在浮藻间，
沉淀着彩虹似的梦。
寻梦？撑一支长篙（gāo），
向青草更青处漫溯；
满载一船星辉，
在星辉斑斓里放歌。
但我不能放歌，
悄悄是别离的笙箫（shēng xiāo）；
夏虫也为我沉默，
沉默是今晚的康桥！
悄悄的我走了，
正如我悄悄的来；
我挥一挥衣袖，
不带走一片云彩。

走近诗人

徐志摩（1897—1931），现代诗人、散文家，新月派代表诗人之一。1918年至1921年，先后赴美国和英国留学，深受欧美浪漫主义和唯美派诗风的影响。1923年，成立新月社，成为现代文学史上的标志性诗人之一。其代表作品有《再别康桥》《翡冷翠的一夜》《志摩的诗》《猛虎集》《落叶》等。

诗临其境

这是一首写景的抒情诗，作于徐志摩第三次旅欧的途中。康桥，即英国著名的剑桥大学，这里风景秀丽，诗人年轻时曾在此读书生活。全诗语言轻盈柔和，写作手法虚实相间，展现出一幅幅流动的画面，一处处美妙的意境。如岸边柳树倒映在康河里的情景令人心生荡漾；一潭清泉不是清泉，而是天上被揉碎了的彩虹；诗的末尾，诗人想象自己撑一支长篙，向远方深处漫游，将诗人静思默想的心境推向了极致。全诗情景交融，排列错落有致，不仅表现了诗人对康桥的爱恋，对往昔生活的怀念，对眼前离愁的无奈，还展现了诗人性情中的洒脱与真挚，堪称徐志摩诗歌中的精品。

大师名句

枯藤老树昏鸦，小桥流水人家。
——（元）马致远《天净沙·秋思》

【赏析】苍老的树上枯藤缠绕，乌鸦黄昏时纷纷归巢。小桥下溪水潺潺，溪边人家炊烟缭绕。

朱雀桥边野草花，乌衣巷口夕阳斜。
——（唐）刘禹锡《乌衣巷》

【赏析】朱雀桥畔长满了野草，到处盛开着一簇簇的野花。黄昏时刻，夕阳西下，乌衣巷内一片幽暗。

桥如虹，水如空。一叶飘然烟雨中。
——（宋）陆游《长相思·桥如虹》

【赏析】水乡的虹桥，水面开阔，水天相映。一叶扁舟在烟雨中自由出入。

名句应用

在深秋的黄昏，一片枯藤攀附在古老而沧桑的大树上，一群乌鸦在天空中盘旋。沿着古道走下去，一条小溪在旁边流淌，清亮的水面上倒映着几户人家。枯藤老树昏鸦，小桥流水人家。这样的生活宁静而安详，仿佛与世隔绝一般。

我的心呀，在高原

◎［英国］罗伯特·彭斯｜朱湘译

我的心呀在高原，我的心呀不在这里，
我的心呀在高原，追逐着鹿麋（mí），
追逐着野鹿，跟踪着獐（zhāng）儿，
我的心呀在高原，不管我上哪里。

别了啊高原，别了啊北国，
英雄的家乡，可敬的故国，
哪儿我飘荡，哪儿我遨游，
我永远爱着高原上的山丘。

第四章 如诗如画的山水美景

别了啊,高耸的积雪的山丘,
别了啊,山下的溪壑(hè)和翠谷,
别了啊,森林和枝丫纵横的树林,
别了啊,急川和洪流的轰鸣。

我的心呀在高原,我的心呀不在这里,
我的心呀在高原,追逐着鹿麋,
追逐着野鹿,跟踪着獐儿,
我的心呀在高原,不管我上哪里。

走近诗人

罗伯特·彭斯（1759—1796），英国苏格兰诗人。1786年，出版诗集《苏格兰方言诗集》，不久一举成名，被誉为"农夫诗人"。他的诗歌富有音乐旋律，可以歌唱，而且充满了民主与自由的思想。其所编写的抒情歌谣，标志着英国田园抒情诗复兴的开端，彭斯也因此确立了"先浪漫主义"重要诗人的历史地位。

朱湘（1904—1933），中国现代著名诗人、散文家、翻译家，"新月派"的代表人物，被誉为"中国的济慈""诗人的诗人"。

诗临其境

有没有一首诗歌可以让你想起家乡的自然风光？彭斯的这首诗歌选用的都是最普通的自然景物：高原、山丘、林涛、河川……这些意象看似平凡无奇，然而罗列在一起，却抒发了诗人对苏格兰高原的无比留恋之情。例如，"我的心呀在高原，追逐着鹿麋，追逐着野鹿，跟踪着獐儿……"语言时而雄浑时而柔美，于不经意间拨动着游子怀乡的心弦。全诗句式整齐，音韵和谐，不仅带有明显的歌谣特色，还拉近了读者与苏格兰山水的距离。最后一节与第一节首尾相连，在反复的旋律中，强烈地抒发了诗人对秀美家乡的歌颂与依恋，也表达了普通大众纯朴的情感。

🖋 大师名句

敕勒川，阴山下。天似穹庐，笼盖四野。
　　——（南北朝）北朝民歌《敕勒歌》

【赏析】辽阔的敕勒平原，就在阴山脚下。天空如毡质的圆顶大帐篷，笼罩着草原的四面八方。

山下孤烟远村，天边独树高原。
　　——（唐）王维《田园乐七首·其五》

【赏析】寂静的小村庄横卧在远处的山边，靠近天的地方有棵树独立于高原之上。

鸟道高原去，人烟小径通。
　　——（唐）张祜《题松汀驿(tīng yì)》

【赏析】鸟飞到高原去了，村落条条小道相通。

🖋 名句应用

　　敕勒川是阴山下的一个美丽的地方。当你走进去，一眼就能看到一望无际的大草原，成群结队的牛羊，各种各样的野花。微风吹来，朵朵小花迎风摇曳，在阳光的照耀下五彩缤纷，美丽极了。我想，这应该就是敕勒川，阴山下。天似穹庐，笼盖四野的风景。我爱你，草原！

黄昏过泰山

◎ 林徽因

记得那天
心同一条长河,
让黄昏来临,
月一片挂在胸襟。
如同这青黛山,
今天,
心是孤傲的屏障一面;
葱郁,
不忘却晚霞,
苍莽,
却听脚下风起,
来了夜——

☀ 走近诗人 ☀

　　林徽因（1904—1955），原名林徽音，福建福州人。中国诗人、作家、建筑学家，胡适称其为"中国一代才女"。少年成名，游历世界，学贯中西，后半生历经战乱。诗文透彻洞明，清新开朗。她一生著述不多，但均属佳作，代表作有诗歌《你是人间的四月天》、小说《九十九度中》、散文《一片阳光》、译作《夜莺与玫瑰》等。

☀ 诗临其境 ☀

　　1936年，中国著名建筑学家梁思成、林徽因夫妇风尘仆仆地到山东考察古建筑。当他俩行走在泰山脚下时，情思灵动的林徽因情不自禁地向大自然敞开了自己的心扉，写下了这首诗意浓浓的《黄昏过泰山》。

　　在这首诗里，林徽因以诗人独特的眼光感慨于眼前所见的一幕幕——黄昏、明月、青黛山……它们是如此令人感动，好像在无形中诉说和歌唱。此时的诗人，脚下如风起一般，虽然身体奔波在齐鲁大地上，但是飘飞的思绪早已化作一串串美丽的诗行。而此时的诗人，心宛若一面屏障，上面写满了深邃的思想。

🖋 大师名句

岱（dài）宗夫如何？齐鲁青未了。
　　——（唐）杜甫《望岳》

　　【赏析】巍峨的泰山，到底如何雄伟？走出齐鲁，依然可见那青青的峰顶。

会当凌绝顶，一览众山小。
　　——（唐）杜甫《望岳》

　　【赏析】一定要登上那最高峰，俯瞰在泰山面前显得渺小的群山。

不识庐山真面目，只缘身在此山中。
　　——（宋）苏轼《题西林壁》

　　【赏析】之所以辨不清庐山真正的面目，是因为我身处在庐山之中。

🖋 名句应用

　　一提到泰山，人们就会把它和云雾联系在一起。雾来时，风起云涌；雾散时，飘飘悠悠；雾浓时，像帷幕遮住了千般秀色；雾稀时，像轻纱给山川披上了飘逸的外衣。泰山的云雾瞬息万变，让人回味无穷。果然是岱宗夫如何？齐鲁青未了。

秋江的晚上

◎ 刘大白

归巢的鸟儿,
尽管是倦了,
还驮着斜阳回去。

双翅一翻,
把斜阳掉在江上;
头白的芦苇,
也妆成一瞬的红颜了。

走近诗人

刘大白（1880—1932），浙江绍兴人。中国现代著名诗人，文学史家。主要著作有新诗集《旧梦》《邮吻》，旧诗集《白屋遗诗》，诗话《白屋说诗》《旧诗新话》，以及《中国文学史》等。《秋晚的江上》是刘大白1923年的作品。

诗临其境

这首诗描写了夕阳西下，江面上的美丽景色，诗的题目就点明了时间和地点——秋天的傍晚，江上。诗人寥寥数笔，勾画出一幅碧空清江、倦鸟归巢、夕阳西下的画面。秋日傍晚，江面上的夕阳不断变换着色彩；一群鸟儿凌江飞渡，驮着淡淡的斜阳，疲倦地归来。也许你要问，既然鸟儿倦了，为什么还要驮着斜阳归来呢？其实，鸟儿是为了装点江河，为万物增添生机，让江河更加光彩夺目。全诗静中见动、声色具备，简直就是一幅绚丽多姿的秋日江景图；同时，末句的"妆"和"红颜"，将芦苇人格化，芦苇不仅在夕阳的映衬下变得格外漂亮，而且为全诗平添了不少情趣与活力。

🖋 大师名句

无边落木萧萧下，不尽长江滚滚来。

——（唐）杜甫《登高》

【赏析】无边无际的落叶纷纷飘零，奔流不息的长江水滚滚而来。

天门中断楚江开，碧水东流至此回。

——（唐）李白《望天门山》

【赏析】天门山从中间断裂，是楚江把它冲开的；碧水向东浩然奔流，到这里折回。

孤帆远影碧空尽，唯见长江天际流。

——（唐）李白《黄鹤楼送孟浩然之广陵》

【赏析】友人的孤船帆影渐渐地远去，消失在碧空的尽头；只看见一线长江，向邈（miǎo）远的天际奔流。

🖋 名句应用

一想到长江，我的心就如江水一样汹涌澎湃，正所谓无边落木萧萧下,不尽长江滚滚来。这奔流不息的长江就像一条宽宽的玉带从天边滚滚而来，时而弹出祥和低沉的乐曲，时而弹出波澜壮阔的音符。

海边（节选）

◎ [印度] 泰戈尔 | 郑振铎译

孩子们会集在无边无际的世界的海边。

无垠的天穹静止地临于头上，

不息的海水在足下汹涌。

孩子们会集在无边无际的世界的海边，

叫着，跳着。

他们拿沙来建筑房屋，

拿贝壳来做游戏。

他们把落叶编成了船，

笑嘻嘻地把它们放到大海上。

孩子们在世界的海边，做他们的游戏。

☀ 走近诗人 ☀

泰戈尔（1861—1941），印度诗人、文学家、作家、艺术家，获得诺贝尔文学奖的亚洲人。代表作有《吉檀迦利》《飞鸟集》《眼中沙》《四个人》《家庭与世界》《园丁集》《新月集》《最后的诗篇》《戈拉》《文明的危机》等。

郑振铎（1898—1958），作家、诗人、学者、翻译家，一生著述颇丰，有专著《中国俗文学史》《中国文学论集》等，译著《飞鸟集》《新月集》等。

☀ 诗临其境 ☀

在孩子的眼里，大海就是天然的乐园。这里是原诗的节选部分，诗人以大海为背景，用简练的语言描绘了一幅孩子们在海边嬉戏的场景。对在海边聚会的孩子而言，大海就像是温柔的母亲，投入母亲的怀抱，他们就会畅快地笑啊、闹啊。情不自禁时，还会唱起优美动听的歌谣。简单质朴的诗句，更映衬出孩子纯净、快乐的心灵。正如泰戈尔所言，一切世界文明最终都将被时间带走，在本诗中，海浪会带走一切痕迹，只有孩子纯真快乐的天性会永存。

大师名句

东临碣（jié）石，以观沧海。

——（三国）曹操《观沧海》

【赏析】东行登上高高的碣石山，来观赏苍茫的大海。

百川东到海，何时复西归？

——（汉）汉乐府《长歌行》

【赏析】百川奔腾着向东流入大海，何时才能重新返回西境？

春江潮水连海平，海上明月共潮生。

——（唐）张若虚《春江花月夜》

【赏析】春天的江潮水势浩荡，与大海连成一片，一轮明月从海上升起，好像与潮水一起涌出来。

名句应用

东临碣石，以观沧海。海有波澜壮阔之态，也有柔美似母之感。当你身处其境时，又会发现很多不一样的精彩。近看，浪花层层，似舞动的精灵；远看，大海茫茫无边，令人沉醉。如果我有一对翅膀，我一定会飞到你那儿，自由自在地飞翔。

第五章 ——变幻莫测的自然现象

风

◎ 叶圣陶

谁也没有看见过风，
　不用说我和你了。
但是树叶颤动的时候，
我们知道风在那儿了。

谁也没有看见过风，
　不用说我和你了。
但是林木点头的时候，
我们知道风正走过了。

谁也没有看见过风，
　不用说我和你了。
但是河水起波的时候，
我们知道风来游戏了。

第五章 变幻莫测的自然现象

099

走近诗人

叶圣陶（1894—1988），原名叶绍钧，字秉臣、圣陶，现代作家、儿童文学家、教育家，有"优秀的语言艺术家"之称，他的童话构思新颖独特，描写细腻逼真，富于现实内容。其代表作有《稻草人》《隔膜》《线下》《倪焕之》《脚步集》《西川集》等。

诗临其境

你知道风是从哪里来的吗？其实，当你带着一颗"诗心"，将自己融入生活，学会观察、思考、想象，就会发现风就在我们身边。诗人将风拟人化，带领孩子近距离地感受风的特点、了解风的个性。要知道，孩子是天生的诗人，他们保持着清澈的童心，当他们读到如此富有诗意的文字时，自然会对风产生新的认知和情感。"风在那儿""风正走过""风来游戏了"……这是多么美好的画面，而且这种反复吟唱的手法，仿佛让大自然的树叶、林木、河流都不由得随风飘舞起来，全诗顿时生动而充满灵性，让人读得如痴如醉。

🖋 大师名句

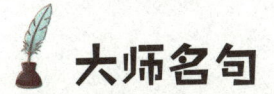

不知细叶谁裁出，二月春风似剪刀。

——（唐）贺知章《咏柳》

【赏析】这细细的柳叶不知是谁的巧手裁剪出来的，原来是那二月里温暖的春风，它就像一把灵巧的剪刀一样。

夜来风雨声，花落知多少。

——（唐）孟浩然《春晓》

【赏析】昨天夜里风声雨声一直不断，那娇美的春花不知被吹落了多少？

春风如贵客，一到便繁华。

——（清）袁枚《春风》

【赏析】春风就像远道而来的贵客一般，所到之处立马万物复苏、热闹非凡。

🖋 名句应用

风来了，风来了。有时，它有着"大风起兮云飞扬"的豪迈，一声怒吼，似猛虎下山；一嘶高鸣，如潜龙出海。有时，它又有着不知细叶谁裁出，二月春风似剪刀的绮丽，让人喜爱极了。

雨景

◎朱湘

我心爱的雨景也多着呀；
春夜梦回时窗前的淅沥；
急雨点打上蕉叶的声音；
雾一般拂（fú）着人脸的雨丝；
从电光中泼下来的雷雨——
但将雨时的天我最爱了。
它虽然是灰色的却透明；
它蕴着一种无声的期待。
并且从云气中，不知哪里，
飘来了一声清脆的鸟啼。

☀ 走近诗人 ☀

朱湘（1904—1933），中国现代著名诗人、散文家、翻译家，"新月派"的代表人物，被誉为"中国的济慈""诗人的诗人"。朱湘的诗精于格律形式，诗句精练有力，富有人生哲学的观念。其所翻译的诗歌也是诗歌翻译史上不可多得的佳品。著有《夏天》《草莽集》《石门集》等作品。

☀ 诗临其境 ☀

《雨景》是情景融合的一首美丽的诗歌，诗人以一种快乐的调子写出了"心爱的雨景"的种种情态。例如，春夜梦醒时，窗前细雨的淅淅沥沥，使人温暖，引人遐思；夏天骤雨打在芭蕉叶上的声音，让人宽慰，催人奋起；拂人脸庞的雨丝给人温柔而缠绵的情意；电光中泼下来的雷雨让人震惊惶恐……然而，诗人对生活和自然却有着自己独有的感受和追求。他最爱的还是那将雨未雨的"天"，这景色不仅另有一番意境，还蕴藏着一种无声的期待。特别是末尾那飘来的一声"清脆的鸟啼"，看似信手拈来，却是神来之笔，蕴藏着诗人一片艺术创造的苦心。

大师名句

好雨知时节，当春乃发生。
——（唐）杜甫《春夜喜雨》

【赏析】好雨似乎会挑选时节，在春天来到的时候就伴着春风在夜晚悄悄地下起来。

水光潋滟（liàn yàn）晴方好，山色空蒙雨亦奇。
——（宋）苏轼《饮湖上初晴后雨二首·其二》

【赏析】西湖水在灿烂晴阳的照耀下，水面波光闪动，看起来很美；西湖周围的群山在雨幕的遮罩下，迷茫缥缈，显得非常奇妙。

飒（sà）飒东风细雨来，芙蓉塘外有轻雷。
——（唐）李商隐《无题四首·其二》

【赏析】东风飒飒，阵阵细雨随风飘散纷飞；荷花塘外的那边，传来了声声轻雷。

名句应用

春雨连绵了好几天，却丝毫不让人觉得烦。瞧，那嫩绿的小草、青黄的柳芽，就连沾着雨珠的花朵都欣然吮吸着这醉人的甘露。这让我不由得想到好雨知时节，当春乃发生这句诗，春雨总是悄无声息地滋润着万物，却无意邀功讨好。

雨后天

◎ 林徽因

我爱这雨后天,
这平原的青草一片!
我的心没底止的跟着风吹,
风吹:
吹远了香草,落叶,
吹远了一缕云,像烟——
像烟。

走近诗人

林徽因（1904—1955），原名林徽音，福建福州人。中国诗人、作家、建筑学家，胡适称其为"中国一代才女"。少年成名，游历世界，学贯中西，后半生历经战乱。诗文透彻洞明，清新开朗。她一生著述不多，但均属佳作，代表作有诗歌《你是人间的四月天》、小说《九十九度中》、散文《一片阳光》、译作《夜莺与玫瑰》等。

诗临其境

这是一首写景抒情的小诗，作于1921年，那时的林徽因已经结识了父亲的弟子徐志摩，对新诗产生了浓厚的兴趣。这首诗不仅展示了林徽因"一代才女"出色的才华，也呈现出其诗歌独特的艺术魅力。

林徽因最善于用写景抒情的手法，表现内心的感受、情趣和思想。在这首小诗中，诗人以雨后天空的景象作为比喻，表达了内心细致精妙的感觉，抒发了她对自由的向往。她认为人生是自由的，而自由需要经受风雨的历练。林徽因曾经历多次家庭的变故，这种历练让她更加珍视和追求自由。全诗格调清新，诗风轻盈温婉，注重情感与意象的相互融合，真情流露，而又不留痕迹。

🖋 大师名句

夜阑（lán）卧听风吹雨，铁马冰河入梦来。
　　——（宋）陆游《十一月四日风雨大作》

　　【赏析】深夜里躺着静听狂风暴雨的声音，梦见自己骑着战马，跨过冰河，驰骋在北方的战场上。

横风吹雨入楼斜，壮观应须好句夸。
　　——（宋）苏轼《望海楼晚景》

　　【赏析】大风吹打雨水斜着飘进望海楼，壮丽的景观应该用华美的词句来夸赞。

风回云断雨初晴，返照湖边暖复明。
　　——（唐）白居易《南湖早春》

　　【赏析】春风吹散云雾，骤雨初歇，天气刚刚放晴，阳光重新照在湖面上，温暖又明快。

🖋 名句应用

　　诗人陆游的一生是漂泊的、悲苦的，纵有满腔豪情，也改变不了南宋终将覆灭的命运。无奈只能在一个凄风苦雨的夜晚，在梦中实现自己金戈铁马、驰骋中原的愿望，夜阑卧听风吹雨，铁马冰河入梦来，而这豪迈悲壮的文字，反倒在宋朝诗坛开出了绚丽夺目的花。

在天晴了的时候

◎ 戴望舒

在天晴了的时候，
该到小径中去走走：
给雨润过的泥路，
一定是凉爽又温柔；
炫耀着新绿的小草，
已一下子洗净了尘垢（gòu）；
不再胆怯的小白菊，
慢慢地抬起它们的头，

试试寒，试试暖，
然后一瓣瓣地绽透；
抖去水珠的凤蝶儿
在木叶间自在闲游，
把它的饰彩的智慧书页
曝着阳光一开一收。

到小径中去走走吧，
在天晴了的时候：
赤着脚，携着手，
踏着新泥，涉过溪流。

新阳推开了阴霾（mái）了，
溪水在温风中晕皱，
看山间移动的暗绿——
云的脚迹——它也在闲游。

☀ 走近诗人 ☀

戴望舒（1905—1950），名承，字朝安，小名海山，曾用笔名梦鸥、江思等，现代著名诗人、翻译家，因《雨巷》成为传诵一时的名作而被称为"雨巷诗人"。早年就读于上海大学、复旦大学。无论理论还是创作实践，都对我国新诗的发展产生过相当大的影响。

☀ 诗临其境 ☀

雨水就是一首专属于夏天的歌，一场雨过后，似乎整个世界都被唤醒了。诗人用拟人的手法和形象的语言，描写了雨后的小径、小草、小白菊、凤蝶儿等景物，勾画出一幅诗意浓浓的雨后风景图。瞧，下过雨的道路，虽然泥泞却透着清凉；小白菊不再胆怯，慢慢地抬起娇嫩的小脑袋；凤蝶儿在叶间自在地飞来飞去……大自然中的小生灵们迫不及待地飞奔着，奏出一首动人的协奏曲。此时，你若到雨后的小径上走一走，定然会感受到大自然的自由与欢乐。全诗意象简明，寓意深刻，表达了诗人对大自然的热爱和赞美之情，而且韵律和谐，读起来朗朗上口。

🖋 大师名句

空山新雨后，天气晚来秋。
——（唐）王维《山居秋暝》

【赏析】一场新雨过后，山谷里空旷清新；夜晚的降临使人感到已是初秋，秋意渐浓。

何当共剪西窗烛，却话巴山夜雨时。
——（唐）李商隐《夜雨寄北》

【赏析】什么时候我们才能一起在西窗下秉烛长谈，相互倾诉今宵巴山夜雨中的思念之情？

星沉海底当窗见，雨过河源隔座看。
——（唐）李商隐《碧城三首》

【赏析】天上的星星在海底都能看见，雨后，天空像从海底升起一样，隔座山也能看得清。

🖋 名句应用

空山新雨后，天气晚来秋。我最喜欢的，便是小雨后的秋天。当我漫步在花田间，满眼都是万紫千红，这些生命之花不断吸取着天地的精华，在阳光的映照下绽放着绚丽的光芒。

雨天

◎ [印度] 泰戈尔 | 郑振铎译

乌云很快地集拢在森林的黝黑的边缘上。

孩子,不要出去呀!

湖边的一行棕树,

向暝暗的天空撞着头;

羽毛零乱的乌鸦,

静悄悄地栖在罗望子树的枝上。

河的东岸正被乌沉沉的暝色所侵袭。

☀ 走近诗人 ☀

泰戈尔（1861—1941），印度诗人、文学家、作家、艺术家，获得诺贝尔文学奖的亚洲人。代表作有《吉檀迦利》《飞鸟集》《眼中沙》《四个人》《家庭与世界》《园丁集》《新月集》《最后的诗篇》《戈拉》《文明的危机》等。

郑振铎（1898—1958），作家、诗人、学者、翻译家，一生著述颇丰，有专著《中国俗文学史》《中国文学论集》等，译著《飞鸟集》《新月集》等。

☀ 诗临其境 ☀

没有谁比母亲更惦记风雨中的孩子，就连下雨，一句"不要出去呀"的呼唤，更是不知融入了多少母爱。泰戈尔的这首诗歌串起我们对往事的回忆，更唤醒了我们心中那颗永存的感恩的心。在雨来临之前，谁都见过乌云席卷大地，谁都目睹过飞鸟在空中躲躲闪闪，但是诗人通过拟人化的修辞手法，对雨来临前的细节做了细致的刻画，比如，乌云集拢在森林的黝黑的边缘上，棕树向暝暗的天空撞着头……这样的描写既让画面形象、有立体感，又丰富了诗歌的思想内涵，拓宽了诗歌的审美空间。

大师名句

南朝四百八十寺，多少楼台烟雨中。

——（唐）杜牧《江南春》

【赏析】南朝遗留下的四百八十多座古寺，无数的楼台全笼罩在风烟云雨中。

小楼一夜听春雨，深巷明朝卖杏花。

——（宋）陆游《临安春雨初霁（jì）》

【赏析】住在小楼听尽了一夜的春雨淅沥滴答，明日一早，深幽的小巷便有人叫卖杏花。

寒雨连江夜入吴，平明送客楚山孤。

——（唐）王昌龄《芙蓉楼送辛渐》

【赏析】冷雨洒满江天的夜晚，我来到吴地，天明送走好友后，只留下楚山的孤影。

名句应用

大江南北，风景如画处比比皆是，我却独爱富有诗情画意的江南水乡美景——时而阳光明媚，时而烟雨蒙蒙，可以说晴有晴的意蕴，阴有阴的情调。正如诗人杜牧所写：南朝四百八十寺，多少楼台烟雨中。

细雨

◎ 朱自清

东风里
掠过我脸边，
星呀星的细雨，
是春天的绒毛呢。

走近诗人

朱自清（1898—1948），原名自华，字佩弦，号秋实，祖籍浙江绍兴。现代著名散文家、诗人、学者。朱自清的散文有着独特的艺术风格和审美情趣。代表作有散文集《荷塘月色》《背影》等，其中《背影》被誉为"白话美文的典范"。

诗临其境

冬去春来，万物复苏，到处洋溢着喜悦之情。这首优美的小诗，以短短的21个字创造出清新淡雅、超凡脱俗的意境。而且，诗人在遣词造句上充满了真诚的童心与童趣，例如，"绒毛"一词，以新奇的比喻创造出鲜活的意象，将细雨洒在脸上的那种酥软、微痒的感受描绘得淋漓尽致，引发孩子无穷的联想。"星呀星"三个字看似平常，却以极简的笔墨鲜活地表达了诗人对春之来临的喜悦情怀。全诗末尾的"呢"字，又为这份喜悦之情平添了几分"惊奇"的意味。那种对春天的毛茸茸的独特感觉，连诗人自己都觉得十分新奇。诗人既准确地抓住了春天细雨的物象特征，又让全诗的童真之美达到了一种可贵的艺术境界。

大师名句

清明时节雨纷纷，路上行人欲断魂。
——（唐）杜牧《清明》

【赏析】清明这天，细雨纷纷飘洒着，路上的行人一个个像丢了魂魄一样向前赶路。

渭（wèi）城朝雨浥（yì）轻尘，客舍青青柳色新。
——（唐）王维《送元二使安西》

【赏析】渭城清晨的细雨润湿了路上轻微的浮尘，客舍旁边一片青翠，嫩柳色绿清新。

随风潜入夜，润物细无声。
——（唐）杜甫《春夜喜雨》

【赏析】春雨随着春风在夜里悄悄地落下，悄然无声地滋润着大地万物。

名句应用

清明时节雨纷纷，路上行人欲断魂。清明节，是我们中华民族祭祀前辈、缅怀先烈的传统日子。每到这一天，我的思绪便会随着这句诗飘向遥远的天边，跟随家人去追忆那逝去的亲人。

露珠（节选）

◎ [印度]泰戈尔 | 郑振铎译

露珠泪盈盈地说：
"我的生命如此短暂，仿佛孩童的幻想，
刚出生就要命归黄泉。
唉，我只不过是苏醒的朝霞仙子欢喜的泪滴，
只要她的笑容收起，立刻便会枯萎消失。
玫瑰花抬起粉红色的脸颊，
露出了甜美动人的笑容。
茉莉花奉献出生命的甘饴，风儿失魂地畅饮。

蝴蝶没有主意，跟谁成为一生伴侣。

拍打着翅膀在花丛中来回飞舞。

啊，我为什么不能和他们一同享受快乐。

为什么就在睫毛睁开兴奋而短促的一刹那，

就要带着舍不得的微笑凄凉地别离美丽的人间。"

走近诗人

泰戈尔（1861—1941），印度诗人、文学家、作家、艺术家，获得诺贝尔文学奖的亚洲人。代表作有《吉檀迦利》《飞鸟集》《眼中沙》《四个人》《家庭与世界》《园丁集》《新月集》《最后的诗篇》《戈拉》《文明的危机》等。

郑振铎（1898—1958），作家、诗人、学者、翻译家，一生著述颇丰，有专著《中国俗文学史》《中国文学论集》等，译著《飞鸟集》《新月集》等。

诗临其境

小小的露珠，平素不为人重视，诗人却观察到了这微渺之物所蕴藏的无限美好。这颗小小的露珠虽然不是永恒之物，但是当诗人凝视它时，诗人心中的情感却不由得升腾起来。诗人以露珠作为触发点，抓住其晶莹剔透、纯洁无瑕却又短暂易逝的特点，巧妙地运用拟人的表现手法，将一个个活生生的意境微妙地串联起来，让人们通过视觉与触觉感受到一个绝妙的世界。全诗充满了童心，以简洁和富有想象力的语言，表达了诗人对大自然的无限热爱。

🖋 大师名句

可怜九月初三夜，露似真珠月似弓。
　　——（唐）白居易《暮江吟》

　　【赏析】九月初三的夜晚最可爱，露珠好像一颗颗珍珠，月亮好像一把弯弓。

秋荷一滴露，清夜坠玄（xuán）天。
　　——（唐）韦应物《咏露珠》

　　【赏析】秋天的荷叶上凝着一滴晶莹的露珠，那是寂静的深夜里从青黑色的天空坠落下来的。

露从今夜白，月是故乡明。
　　——（唐）杜甫《月夜忆舍弟》

　　【赏析】从今夜起就进入了白露节气，月亮还是故乡的最明亮。

🖋 名句应用

　　每年八月初一，月亮总是弯弯的、细细的，好像拉满的弯弓，正如白居易诗里所说：可怜九月初三夜，露似真珠月似弓。瞧，它正挂在天空，和小星星聊天呢。

云与波（节选）

◎ [印度]泰戈尔 | 郑振铎译

妈妈，住在云端的人对我唤道——

"我们从醒的时候游戏到白日终止。

我们与黄金色的曙光游戏，

我们与银白色的月亮游戏。"

我问道："但是，我怎么能够上你那里去呢？"

他们答道："你到地球的边上来，

举手向天，就可以被接到云端里来了。"

"我妈妈在家里等我呢，"

我说，"我怎么能离开她而来呢？"

于是他们微笑着浮游而去。

但是我知道一件比这个更好的游戏，妈妈。

我做云，你做月亮。

我用两只手遮盖你，

我们的屋顶就是青碧的天空。

☀ 走近诗人 ☀

泰戈尔（1861—1941），印度诗人、文学家、作家、艺术家，获得诺贝尔文学奖的亚洲人。代表作有《吉檀迦利》《飞鸟集》《眼中沙》《四个人》《家庭与世界》《园丁集》《新月集》《最后的诗篇》《戈拉》《文明的危机》等。

郑振铎（1898—1958），作家、诗人、学者、翻译家，一生著述颇丰，有专著《中国俗文学史》《中国文学论集》等，译著《飞鸟集》《新月集》等。

☀ 诗临其境 ☀

"云彩悠悠浮天际"，说到云，我们不免会想到云的变幻莫测、如烟如雾、悠然自得、柔美与华丽。这首诗歌别具一格，将漫天飞舞的云朵代入寻常的母子对话之中。诗人以活泼俏丽的语言，将曼妙的意境一步步推进，将诗歌深邃的含意寓于无边的想象之中。比如："但是我知道一件比这个更好的游戏，妈妈。我做云，你做月亮。""我用两只手遮盖你，我们的屋顶就是青碧的天空。"……在一望无际的天空，云朵尽情地舒展美丽的身姿，而在温暖的人间，孩童般天真烂漫的情趣、孩童对母亲纯纯的爱意，也如云随风纵情起舞。全诗构思灵巧，比喻传神，意境优美，让人体会到至纯至真的情感。

大师名句

朝辞白帝彩云间，千里江陵一日还。

——（唐）李白《早发白帝城》

【赏析】清晨告别五彩云霞映照中的白帝城，千里之遥的江陵，一天就可以到达。

远上寒山石径斜，白云生处有人家。

——（唐）杜牧《山行》

【赏析】沿着弯弯曲曲的小路上山，在那白云升腾之处居然还有几户人家。

只在此山中，云深不知处。

——（唐）贾岛《寻隐者不遇》

【赏析】只知道就在这座大山里，可山中云雾缭绕，不知道他的行踪。

名句应用

朝辞白帝彩云间，千里江陵一日还。当我坐在竹筏上观赏三峡的美景时，情不自禁地吟诵起李白的这句诗，大自然的美景是如此美妙，令人浮想联翩。

第六章
——滋养孩子的稚嫩心灵

生活是多么广阔（节选）

◎ 何其芳

生活是多么广阔，

生活是海洋。

凡是有生活的地方就有快乐和宝藏。

去参加歌咏队，去演戏，

去建设铁路，去做飞行师，

去坐在实验室里，去写诗，

去高山上滑雪，

去驾一只船颠簸在波涛上，

去北极探险，去热带搜集植物，

去带一个帐篷在星光下露宿。

走近诗人

何其芳（1912—1977），诗人、散文家、文学评论家。北京大学哲学系毕业，是"汉园三诗人"之一。大学期间所写的散文集《画梦录》获得了1936年《大公报》文艺奖金。其代表作有：诗集《预言》、散文集《画梦录》《还乡杂记》等。

诗临其境

这首诗歌描绘了一幅幅充满现代意味的社会生活图，洋溢着诗人对美好生活向往的热情与追求。诗人满怀激情，展开想象的翅膀，带领孩子飞向高山、大海、北极……飞向一个个神奇而又美妙的地方，启发年轻人去发掘人生的宝藏，并勉励他们将寻常的生活与伟大的目标结合起来，表达了诗人对人生意义的理解。这首诗歌在形式上以排比句组成，有着鲜明的节奏，读来似江上的排浪逐个涌来，在孩子心头激起诗意的回响。而且每一句都是一幅美妙的生活情景，看似平常，实则大有深意，将诗歌提升到更高的境界。

大师名句

行到水穷处,坐看云起时。
——(唐)王维《终南别业》

【赏析】闲情漫步到水尽之外,坐下仰望白云的飘动。

采菊东篱下,悠然见南山。
——(东晋)陶渊明《饮酒·其五》

【赏析】在园地里采菊时无意中望到南山,一种悠然之乐油然而生。

醉翁之意不在酒,在乎山水之间也。
——(宋)欧阳修《醉翁亭记》

【赏析】醉翁的情趣不在喝酒上,而在于欣赏山水之间的美景。

名句应用

人生之路,好比一艘小船行驶在海面上,大海有时风平浪静,有时汹涌澎湃。当前方道路充满曲折,行到水穷处时,何不坐看风起云涌?成长路上,坦然于水尽云起处,也是一种人生的智慧。

当生活凋零

◎ [印度] 泰戈尔 | 郑振铎译

当生活凋零，

来吧，变为慈爱的甘露。

当甜美消失，

来吧，变为喜悦的醇（chún）酒。

当琐事用可怖的形象发出遮蔽天地的狂吼，

来吧，神，稳步地走进我的心灵。

当贫贱的思想在心灵安稳睡卧，

使自己变得吝啬（lìn sè），

变为君王的威严，

神，来吧，打开心扉。

被尘埃欺蒙的憧憬在愚顽的黑暗中耳目不灵，

崇高伟大，从不休眠的神啊，

来吧，变为燃烧的光之轮。

☀ 走近诗人 ☀

泰戈尔（1861—1941），印度诗人、文学家、作家、艺术家，获得诺贝尔文学奖的亚洲人。代表作有《吉檀迦利》《飞鸟集》《眼中沙》《四个人》《家庭与世界》《园丁集》《新月集》《最后的诗篇》《戈拉》《文明的危机》等。

郑振铎（1898—1958），作家、诗人、学者、翻译家，一生著述颇丰，有专著《中国俗文学史》《中国文学论集》等，译著《飞鸟集》《新月集》等。

☀ 诗临其境 ☀

这是一首带有励志风格的小诗，诗人将生命与生活描写得似灯光般明亮，似火焰般热情。特别是诗中出现频繁的排比句式"来吧，变为……"，不仅增强了诗歌的艺术效果，给人以一气呵成之感，而且将情感抒发得淋漓尽致；同时，也在提醒大家，时光飞逝并不可怕，只要乐观地活在当下，就能感受到生活的快乐与美好；心中充满爱，自然能从生活中发现美好，体会到真善美。泰戈尔的这首诗歌不仅沁人心脾，而且能激发我们无穷的力量。

🖋 大师名句

山重水复疑无路,柳暗花明又一村。

——(宋)陆游《游山西村》

【赏析】山峦重叠、水流曲折,正担心无路可走,忽然柳绿花艳间又出现一座山村。

自古逢秋悲寂寥,我言秋日胜春朝(zhāo)。

——(唐)刘禹锡《秋词二首·其一》

【赏析】自古以来,人们每逢秋天就悲叹秋天的寂寞萧索,我却觉得秋天远远胜过春天。

莫愁前路无知己,天下谁人不识君。

——(唐)高适《别董大》

【赏析】不要担心前方的路上没有知己,普天之下还有谁不知道您呢。

🖋 名句应用

面对生活中的重重困难与挑战,我们不应退缩,不应逃避,而是要鼓足勇气,挑战自我,并且坚信:山重水复疑无路,柳暗花明又一村。无论遇到什么困难,坚强的毅力始终是你战胜困难的基石。

笑的种子

◎ 李广田

把一粒笑的种子,
深深地种在心底,
纵是块忧郁的土地,
也滋长了这一粒种子。

笑的种子发了芽,
笑的种子又开了花,
花开在颤着的树叶里,
也开在道旁的浅草里。

尖塔的十字架上
开着笑的花,
飘在天空的白云里也
开着笑的花。

播种者现在何所呢，
　那个流浪的小孩子？
永记得你那偶然的笑。
虽然不知道你的名字。

第六章　滋养孩子的稚嫩心灵

走近诗人

李广田（1906—1968），山东邹平人，散文家。1929年考入北京大学外语系预科，曾与北大学友卞之琳、何其芳合出诗集《汉园集》。代表作有《引力》《圈外》《日边随笔》《画廊集》《银狐集》《回声》等。

诗临其境

诗人用丰富的想象把读者引入一个美丽灿烂的境界。从形式上看，这首诗歌比较整齐，节奏鲜明。第一节写由于"笑的种子"种在心底，因此"我"感情的水波激起了串串涟漪。中间两节写由于"笑的种子"发了芽，开了花，所以"我"被眼前绚丽的景象所感染。第四节说谁把"笑的种子"种在"我"的心底，原来是流浪的小孩。然而，正是这颗笑的种子，滋润了忧郁的土地，为生活增添了勇气。这首诗歌虽然没有直接描写孩子的笑脸如何动人，却间接表现了诗人乐观向上的态度，以及对美好未来的憧憬与追求。全诗语言朴素、纯净，具有一种天然的朴素美，读来耐人寻味。

🪶 大师名句

人有悲欢离合，月有阴晴圆缺，此事古难全。

——（宋）苏轼《水调歌头·明月几时有》

【赏析】人有悲欢离合的变迁，月有阴晴圆缺的转换，这种事自古以来就很难周全。

千磨万击还坚劲，任尔东西南北风。

——（清）郑燮（xiè）《竹石》

【赏析】经历无数次磨炼和打击，竹子依然坚强有力地生长着，任凭你刮酷暑的东南风，还是严冬的西北风。

若无闲事挂心头，便是人间好时节。

——（宋）无门慧开禅师《颂平常心是道》

【赏析】如果心中没有忧愁的闲事去烦恼，一年四季都是人间的好时节。

🪶 名句应用

成长路上，总会有一些挥之不去的烦恼，就如苏轼所说：人有悲欢离合，月有阴晴圆缺。既然不能事事都成功，事事都如人所愿，何不让自己以一种乐观的心态，笑对这一切呢？一笑而过后，重整旗鼓，也是一种勇气与自信。

假如生活欺骗了你

◎［俄国］普希金｜穆旦译

假如生活欺骗了你，
不要悲伤，不要心急！
忧郁的日子里须要镇静：
相信吧，快乐的日子将会来临！
心儿永远向往着未来；
现在却常是忧郁。
一切都是瞬息，一切都将会过去；
而那过去了的，就会成为亲切的怀恋。

走近诗人

普希金（1799—1837），俄国文学家、诗人，俄国近代文学奠基人，被誉为"俄罗斯文学之父"。代表作有诗歌《自由颂》《致大海》《致恰达耶夫》《假如生活欺骗了你》等，诗体小说《叶甫盖尼·奥涅金》，小说《上尉的女儿》《黑桃皇后》等。

穆旦（1918—1977），原名查良铮，现代诗人。代表诗集有《探险队》《穆旦诗集1939—1945》《旗》等，并翻译了拜伦、雪莱、济慈、普希金等人的诗集。

诗临其境

这是一首富含哲理的抒情诗，诗人以朴素的语言、平和的语气将自己对人生经验的总结娓娓道来，语调婉转优美，态度热诚，似乎是在和读者交谈，展现了诗人真诚、博大的情怀和乐观的态度。正如诗中写到的那样："忧郁的日子里须要镇静：相信吧，快乐的日子将会来临！"诗句时而清新流畅，时而热烈深沉，透着丰富的人间情味和哲理意味，读来就像是一位智慧的长者，引导你走向正确的道路；又像是一盏明灯，照亮你人生的道路。

大师名句

咬定青山不放松，立根原在破岩中。

——（清）郑燮《竹石》

【赏析】竹子紧紧依傍着青山绝不放松，是因为它的根深深地扎在岩石的缝隙中。

大鹏一日同风起，扶摇直上九万里。

——（唐）李白《上李邕(yōng)》

【赏析】大鹏总有一天会和风飞起，凭借风力直上九霄云外。

不经一番寒彻骨，怎得梅花扑鼻香。

——（唐）黄檗(niè)禅师《上堂开示颂》

【赏析】如果不经历冬天那刺骨的严寒，梅花怎会有扑鼻的芳香。

名句应用

咬定青山不放松，立根原在破岩中。一根竹子在岩石的缝隙中扎根，接受着风雨的洗礼，但是它没有丝毫的放弃，仍然坚强、乐观地生长着。人也是如此，心有目标，才有拼搏的动力。

大作家写给孩子的诗歌（下）

赵集广 编著

应急管理出版社
·北京·

大乘起信論講記（下）

目录

第一章 多姿多彩的世间万物

一首桃花 / 林徽因 …………………………… 002

红烛（节选）/ 闻一多 ………………………… 006

黄鹂 / 徐志摩 ………………………………… 010

花牛歌 / 徐志摩 ……………………………… 013

采莲曲（节选）/ 朱湘 ………………………… 016

蝴蝶 / 胡适 …………………………………… 020

雁子 / 陈梦家 ………………………………… 023

草儿 / 康白情 ………………………………… 026

鸽子 / 胡适 …………………………………… 030

第二章 纯真可爱的童真生活

摇篮歌 / 朱湘 ·· 034

孩子的世界 / [印度] 泰戈尔 | 郑振铎译 ················ 038

两个老鼠抬了一个梦 / 刘大白 ···························· 042

深笑 / 林徽因 ·· 046

玩具 / [印度] 泰戈尔 | 郑振铎译 ························ 049

金色花 / [印度] 泰戈尔 | 郑振铎译 ···················· 052

纸船 / [印度] 泰戈尔 | 郑振铎译 ························ 056

第三章 播下一颗梦想的种子

我是少年（节选）/ 郑振铎 ································ 060

希望 / 胡适 ··· 063

我为少男少女们歌唱 / 何其芳 ···························· 066

时间 / 林徽因 ·· 070

第四章 温润浓浓的人间真情

纸船——寄母亲 / 冰心 …………………… 074

乡愁 / 余光中 …………………… 077

祖国啊，我亲爱的祖国（节选）/ 舒婷 …………………… 080

乡愁 / 席慕蓉 …………………… 084

你是人间的四月天——一句爱的赞颂 / 林徽因 …………………… 087

游子谣 / 戴望舒 …………………… 090

榕树 /[印度]泰戈尔丨郑振铎译 …………………… 094

我的歌 /[印度]泰戈尔丨郑振铎译 …………………… 098

七子之歌（澳门）/ 闻一多 …………………… 102

第五章 启迪孩子的哲思能力

梦与诗 / 胡适 …………………… 106

断章 / 卞之琳 …………………… 109

远和近 / 顾城 …………………… 112

我思想 / 戴望舒 …………………… 115

飞鸟 /[印度]泰戈尔丨郑振铎译 …………………… 118

变与不变 / 徐志摩 …………………… 121

快乐 / 闻一多 …………………… 124

第六章 感受友情的无穷力量

送别（节选）/ 李叔同 ……………………………………128

雨同我 / 卞之琳 ……………………………………………131

赠友（节选）/ 朱自清 ……………………………………134

第一章

——多姿多彩的世间万物

一首桃花

◎ 林徽因

桃花，
那一树的嫣（yān）红，
像是春说的一句话；
朵朵露凝的娇艳，
是一些
玲珑的字眼，
一瓣瓣的光致，
又是些
柔的匀的吐息；
含着笑，
在有意无意间，
生姿的顾盼。

看——
那一颤（chàn）动在微风里，
她又留下，淡淡的，
在三月的薄唇边，
一瞥（piē），
一瞥多情的痕迹！

走近诗人

　　林徽因（1904—1955），原名林徽音，福建福州人。中国诗人、作家、建筑学家，胡适称其为"中国一代才女"。少年成名，游历世界，学贯中西，后半生历经战乱。诗文透彻深远，清新秀丽。她一生著述不多，但均属佳作，代表作有诗歌《你是人间的四月天》、小说《九十九度中》、散文《一片阳光》、译作《夜莺与玫瑰》等。

诗临其境

　　《一首桃花》是林徽因于1931年创作的一首现代诗，此诗整体给人以美的享受：语言美，韵律美，诗形美。

　　诗人将桃花比喻成美人，她的呼吸，她的笑，她玲珑剔透的身姿，她的顾盼生姿，无不显示出桃花的妩媚之情。

　　全诗没有用华丽的辞藻去赞美桃花，反而通过细微处打动人，如"一树""一瓣瓣""一颤"，尤其是最后的"一瞥"。诗人把那微微的"颤动"比喻成桃花美人留在"三月的薄唇边"的"一瞥"，这种独特的见解让人不禁拍案叫绝。

🖋 大师名句

竹外桃花三两枝，春江水暖鸭先知。
——（宋）苏轼《惠崇春江晚景》

【赏析】竹林外可以看到几枝桃花初放，水中嬉戏的鸭子最先察觉到初春江水的回暖。

江上人家桃树枝，春寒细雨出疏篱。
——（唐）杜甫《风雨看舟前落花，戏为新句》

【赏析】春寒料峭（qiào）之际，桃花已经开了，只见江边上一户人家的桃树伸到了稀疏的篱笆外。

桃之夭夭，灼（zhuó）灼其华。
——（先秦）佚名《桃夭》

【赏析】桃花怒放千朵万朵，色彩鲜艳红得像火。

🖋 名句应用

又到了桃花开放的季节，桃之夭夭，灼灼其华。有的桃花害羞地躲在叶子后面，像个腼腆的小姑娘；有的正在怒放，像一个漂亮的花仙子；有的像一位婀娜（ē nuó）多姿的舞者，穿着粉红中带白的纱裙，在树枝上翩（piān）翩起舞。

红烛（节选）

◎ 闻一多

红烛啊！

这样红的烛！

诗人啊！

吐出你的心来比比，

可是一般颜色？

红烛啊！

是谁制的蜡——给你躯体？

是谁点的火——点着灵魂？

为何更须烧蜡成灰，

然后才放光出？

一误再误；

矛盾！冲突！

红烛啊!
不误,不误!
原是要"烧"出你的光来——
这正是自然的方法。
红烛啊!
既制了,便烧着!
烧罢!烧罢!
烧破世人的梦,
烧沸世人的血——
也救出他们的灵魂,
也捣破他们的监狱!

☀走近诗人☀

闻一多（1899—1946），本名家骅，字友三，湖北省黄冈市浠水县人，1916年开始在《清华周刊》上发表系列读书笔记。中国现代诗人、学者。代表作品有《红烛》《死水》等。2009年，闻一多被评为100位为新中国成立做出突出贡献的英雄模范人物之一。

☀诗临其境☀

《红烛》是中国现代著名爱国诗人闻一多为自己的诗集《红烛》写的序诗，全诗较长，本文节选的是诗的一部分。

诗的开头五句突出红烛的颜色，红红的如同赤子的心。诗人甚至想"吐"出心和红烛比比，一个"吐"字，生动形象，将诗人的奉献和赤诚之心表现得淋漓尽致。

诗人接着问红烛，不但问身躯从何处来，也问它的灵魂从何处来，问它为何燃烧成灰才发出光芒，诗人此时对红烛迷茫了，可是仔细想后诗人坚定地说："不误，不误！"因为已经准备朝着理想中的光明之路迈进，即使自己被烧成灰也绝不后退。

接下来几节，诗人一直歌颂红烛，歌颂它奉献的精神，并且诗人在红烛身上找到了方向——为了实现自己的理想不计较结果。

大师名句

春蚕到死丝方尽，蜡炬成灰泪始干。

——（唐）李商隐《无题》

【赏析】春蚕结茧到死时丝才会吐完，蜡烛要燃尽成灰时蜡油才会滴干。

落红不是无情物，化作春泥更护花。

——（清）龚自珍《己亥杂诗》

【赏析】掉落的花瓣不是无情之物，它可以变成春泥继续滋养其他的花朵。

横眉冷对千夫指，俯首甘为孺（rú）子牛。

——（现代）鲁迅《自嘲》

【赏析】横眉怒对那些千夫所指的坏人，俯下身子甘愿为善良的老百姓做孺子牛。

名句应用

春蚕到死丝方尽，蜡炬成灰泪始干。亲爱的老师，您就像是不断燃烧的蜡烛，毫不吝啬（lìn sè）地发出自己全部的光和热，照亮我们前进的道路，为我们指明方向。恩师永铭记，师恩久难弃。

黄鹂

◎ 徐志摩

一掠颜色飞上了树，
"看，一只黄鹂！"有人说。
翘着尾尖，它不作声，
艳异照亮了浓密——
像是春光，火焰，像是热情。

等候它唱，我们静着望，
怕惊了它。但它一展翅，
冲破浓密，化一朵彩云；
它飞了，不见了，没了——
像是春光，火焰，像是热情。

☀ 走近诗人 ☀

徐志摩（1897—1931），现代诗人、散文家，新月派代表诗人之一。1918年至1921年，先后赴美国和英国留学，深受欧美浪漫主义和唯美派诗风的影响。1923年，成立新月社，成为现代文学史上的标志性诗人之一。其代表作品有《再别康桥》《翡冷翠的一夜》《志摩的诗》《猛虎集》《落叶》等。

☀ 诗临其境 ☀

《黄鹂》这首诗首句先写黄鹂的颜色，第二句点明主题。第三句用翘尾尖的动和一直不作声的静，生动地写出了黄鹂的姿态。第四、第五两句渐渐由实入虚，表现作者看到黄鹂不由得感觉到的欢快、喜悦和希望。

接下来四句写作者欢快的心情随着黄鹂的离去而瞬间消失，情绪由前面的喜悦转为失落，令人不禁唏嘘。

这首诗整体表现出诗人想冲破牢笼去追求自由生活的愿望。全诗想象奇特、意境优美，读起来给人以愉悦的体验。

🖋 大师名句

两个黄鹂鸣翠柳,一行白鹭上青天。

——(唐)杜甫《绝句》

【赏析】两只黄鹂在翠绿的柳树间歌唱,一队整齐的白鹭直冲向蔚蓝的天空。

春眠不觉晓,处处闻啼鸟。

——(唐)孟浩然《春晓》

【赏析】我在春日里贪睡,不知不觉天已破晓,搅乱我酣眠的是那叽喳叫的小鸟。

满园深浅色,照在绿波中。

——(唐)王涯《游春曲二首》

【赏析】满园颜色深浅不同的杏花全开了,映照在一江碧绿的春水之中。

🖋 名句应用

春天在不知不觉中走来了,草儿绿了,枝条发芽了,遍地的野花开得好不热闹,在春风中摇曳(yè)轻摆,仿佛少女在翩翩起舞。站在观景台上向下望去,到处都是花红柳绿,微风吹来,湖水泛起点点涟漪(lián yī),真是满园深浅色,照在绿波中。

花牛歌

◎ 徐志摩

花牛在草地里坐,
压扁了一穗(suì)剪秋萝。

花牛在草地里眠,
白云霸占了半个天。

花牛在草地里走,
小尾巴甩得滴溜溜。

花牛在草地里做梦,
太阳偷渡了西山的青峰。

☀ 走近诗人 ☀

徐志摩（1897—1931），现代诗人、散文家，新月派代表诗人之一。1918年至1921年，先后赴美国和英国留学，深受欧美浪漫主义和唯美派诗风的影响。1923年，成立新月社，成为现代文学史上的标志性诗人之一。其代表作品有《再别康桥》《翡冷翠的一夜》《志摩的诗》《猛虎集》《落叶》等。

☀ 诗临其境 ☀

《花牛歌》描写了一头憨态可掬（jū）、自由自在的花牛，表达了诗人对生活的热爱和对自由的向往。

诗的前四句写花牛在草地上休息和睡眠，画面感极强。从"压扁了一穗剪秋萝"可以看出花牛的松弛，而"霸占"一词写出了花牛与自然融合为一体，表现了花牛的无拘无束。

接下来两句由静转动，"小尾巴甩得滴溜溜"从视觉上让人们感受到了花牛的自由自在和快乐。

诗的最后两句的"做梦"和"偷渡"都用了拟人的修辞手法，给人以无限的想象空间。

🖋 大师名句

天苍苍，野茫茫，风吹草低见牛羊。

——（南北朝）民歌《敕勒（chì lè）歌》

【赏析】蔚蓝的天空一望无际，碧绿的原野看不到尽头。此时风吹开草，有一群群的牛羊若隐若现。

牧童骑黄牛，歌声振林樾（yuè）。

——（清）袁枚《所见》

【赏析】只见一个小牧童骑在黄牛背上唱歌，嘹（liáo）亮的歌声在林中四处回荡。

斜光照墟落，穷巷牛羊归。

——（唐）王维《渭川田家》

【赏析】村庄处处都是余晖，牛羊沿着深巷纷纷回自己的家。

🖋 名句应用

上个周末，老师带领我们全班同学去了呼伦贝尔大草原。一下车我们就看到湛（zhàn）蓝如洗的天空飘着朵朵白云，大地像是盖着一张碧绿的毯子，随处可见的野花随风摇曳，仿佛在和我招手。不远处羊群在草地里低头吃草，风一吹就出现了*风吹草低见牛羊*的情景。

采莲曲（节选）

◎ 朱湘

小船啊轻飘，
杨柳呀风里颠摇；
荷叶呀翠盖，
荷花呀人样妖娆。
日落，
微波，
金线闪动过小河；
左行，
右撑，
莲舟上扬起歌声。

升了呀月钩,
明了呀织女牵牛;
薄雾呀拂水,
凉风呀飘去莲舟。
花芳,
衣香,
消融入一片苍茫;
时静,
时闻,
虚空里袅着歌音。

走近诗人

朱湘（1904—1933），中国现代著名诗人、散文家、翻译家，"新月派"的代表人物，被誉为"中国的济慈""诗人的诗人"。朱湘的诗精于格律形式，诗句精练有力，富有人生哲学。其翻译的诗歌也是诗歌翻译史上不可多得的佳品。著有《夏天》《草莽集》《石门集》等作品。

诗临其境

《采莲曲》创作于1925年，作为朱湘诗歌的代表作，这首诗在风格、形式、技巧上都值得学习和模仿。全诗一共五节，本文节选自第一节和第五节。

在第一节中诗人塑造了一个无忧无虑、与世无争的采莲少女的形象，只见她摇着"轻飘"的小舟入池，"杨柳""颠摇"则凸显出了采莲女的婀娜身姿。此时夕阳、微波、小河，这一切均感染了采莲女，使其不禁放声歌唱，然后少女边歌唱边采莲。

最后一节写少女采完莲离去。此时夕阳落下，月亮升起，连牵牛星、织女星都出来了，少女划着船消失在一片水雾中，只留下少女的歌声还飘荡在空气中。

《采莲曲》在形式上有许多独到之处。其章节与章节之间保持严格对称的形式，但是在各诗行之间却不是那么整齐划一，诗人是想通过这种参差不齐的长短句营造出一种节奏感。

大师名句

应为洛神波上袜，至今莲蕊有香尘。

——（唐）温庭筠（yún）《莲花》

【赏析】莲花就像洛神的袜子，到如今莲蕊之上还留有她的香气。

荷叶罗裙一色裁，芙蓉向脸两边开。

——（唐）王昌龄《采莲曲》

【赏析】采莲少女的绿罗裙和荷叶仿佛融为一体，少女的脸庞掩映在盛开的荷花间，相互映照。

荷风送香气，竹露滴清响。

——（唐）孟浩然《夏日南亭怀辛大》

【赏析】清风徐徐吹来了荷花的幽香，竹叶轻轻滴下露珠，发出清脆的响声。

名句应用

夏天一阵雷雨过后，天气终于暂时凉快了一些，我坐在湖边，感受到一阵清爽的风，听着树上的知了唱着欢快的歌儿，看到湖面泛起了一片片波光。荷风送香气，雨后的荷花特别娇艳，它们都张开笑脸，尽情享受着这一阵清凉的风。

蝴蝶

◎ 胡适

两个黄蝴蝶,
双双飞上天。

不知为什么,
一个忽飞还。

剩下那一个,
孤单怪可怜;

也无心上天,
天上太孤单。

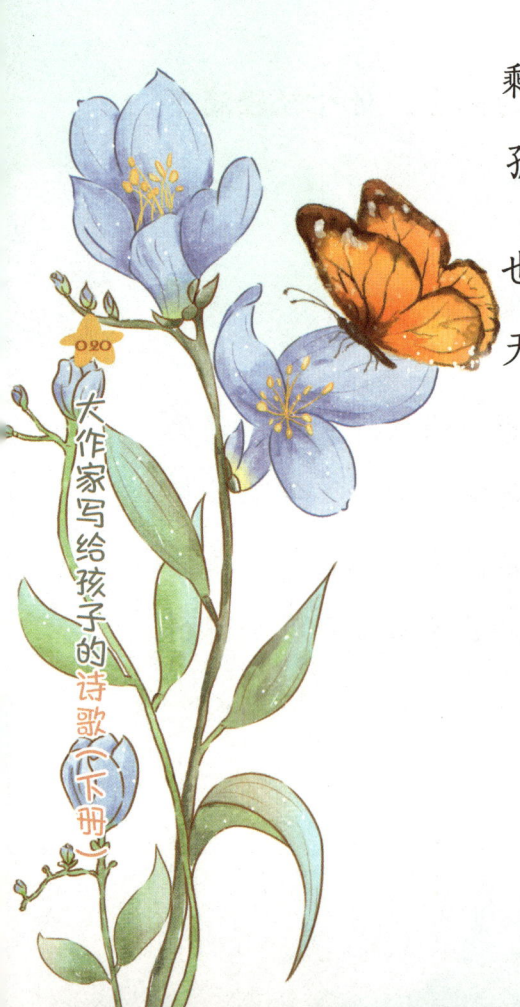

走近诗人

胡适（1891—1962），安徽省绩溪县人，中国现代思想家、文学家、哲学家、诗人，五四新文化运动的领袖之一，中国新体诗鼻祖。

诗临其境

《蝴蝶》是新文化运动领袖胡适用白话文写的一首诗，其目的是让人明白即使代表中国文学成就的诗，同样也可以用白话写。

整首诗没有晦涩（huì sè）难懂的诗句，主要写的就是两只本来成双成对的蝴蝶不知因为什么原因突然就分开了，其中一只扬长而去，剩下的一只就显得形单影只了。

《蝴蝶》原名《朋友》，这样我们就不难理解整首诗的意思了。飞走的正是自己的朋友，而留下孤单伤心的正是自己。因为种种原因，朋友离"我"而去，这不免让"我"感到寂寞，由感而发作出此诗。

大师名句

桃花潭水深千尺,不及汪伦送我情。
——(唐)李白《赠汪伦》

【赏析】桃花潭水纵然深有千尺,也比不上汪伦对我的友情深。

春风容易过,为尔惜年华。
——(清)蒋春霖《蝶》

【赏析】春风是很容易就消失的,希望你们珍惜自己的大好年华。

青梅如豆柳如眉,日长蝴蝶飞。
——(宋)欧阳修《阮郎归·南园春半踏青时》

【赏析】青梅结子如豆,柳叶舒展如眉,白天渐渐变长,蝴蝶飞来飞去。

名句应用

人生苦短,年华易逝,若是将年华虚度,那么人生只不过是短暂的一瞬间罢了;若是将年华充实,那么人生的长度就可以无限延伸。春风容易过,为尔惜年华,我们一定要充分利用自己的时间呀!

雁子

◎ 陈梦家

我爱秋天的雁子,

终夜不知疲倦;

(像是嘱咐,像是答应,)

一边叫,一边飞远。

从来不问他的歌,

留在哪片云上,

只管唱过,只管飞扬,

黑的天,轻的翅膀。

我情愿是只雁子,

一切都使忘记——

当我提起,当我想到,

不是恨,不是欢喜。

走近诗人

陈梦家（1911—1966），笔名陈漫哉，浙江上虞人，生于南京，中国现代著名古文字学家、考古学家、诗人。著有诗集《梦家诗集》《铁马集》等。

诗临其境

在中国古诗中大雁作为一种常见的写作素材，大多象征着思乡的游子，往往和离别有关。而在现代诗人眼里，大雁成了诗人心中理想的化身。

和古人含蓄的赞美诗不一样，诗人上来就直抒胸臆："我爱秋天的雁子。"因为大雁可以不知疲倦地飞翔，可以无拘无束地歌唱，它不会介意自己的歌声美不美，它不患得患失，从不追求生命之外的其他东西，只在乎眼前可以抓到的东西。

所以最后一节，诗人说自己想变成一只大雁。人要面对种种的社会问题，面对人间的悲欢离合，而大雁可以忘记尘世的一切烦恼，做一个无拘无束的真我。

大师名句

谁怜一片影,相失万重云?
——(唐)杜甫《孤雁》

【赏析】谁来怜惜形单影只的孤雁?它已经与同伴分离在万里云海。

二十五弦弹夜月,不胜清怨却飞来。
——(唐)钱起《归雁》

【赏析】潇湘女神在明月夜弹琴,曲调太悲伤了,我忍受不了,于是飞到北方来了。

塞下秋来风景异,衡阳雁去无留意。
——(宋)范仲淹《渔家傲·秋思》

【赏析】秋天一来,边塞的风景和中原的景色就完全不同了,此时向衡阳飞去的雁群一点都没有留恋的意思。

名句应用

塞下秋来风景异,八月在新疆戈壁我已经感受到秋天的肃杀之气了。放眼望去,不见飞鸟走兽,不见金戈铁马,不见商贾驼队,一切都是沉寂寂的,凉飕飕的,我唯一能感受到的是无边的苍凉。

草儿

◎ 康白情

草儿在前，

鞭儿在后。

那喘吁吁的耕牛，

正担着犁鸢（yuān），

眙（chì）着白眼，

带水拖泥，

在那里"一东二冬"地走着。

"呼——呼……"

"牛也，你不要叹气，

快犁快犁，

我把草儿给你。"

第一章 多姿多彩的世间万物

"呼——呼……"
"牛也，快犁快犁。
你还要叹气，
我把鞭儿抽你。"

牛呵！
人呵！
草儿在前，
鞭儿在后。

走近诗人

康白情（1896—1959），四川安岳人。中国白话诗的开拓者之一。1918 年组织新潮社，创办《新潮》月刊。1920 年在美国留学，1926 年回国，在山东大学、中山大学、厦门大学任教。出版诗集《草儿》《河上集》等。

诗临其境

这首《草儿》写于 1919 年，原题为《牛》。诗中重点写的是吃草的耕牛，耕牛象征当时中国底层农民，诗人借此诗抒发了对普通民众的深切同情。

全诗共分四节。第一节写出了耕牛不堪重负的神情与动作。第二、第三节诗人重点表现耕牛被诱惑和被压迫的矛盾。"快犁快犁，我把草儿给你"，可是眼前的"草儿"真的可以得到吗？非也，这只不过是"主人"虚伪的承诺罢了。这个时候只要"你"稍微叹气、感慨（kǎi）一下，就会遭到一顿鞭打。

最后一节，诗人将"牛"与"人"进行类比，与第一节前两句呼应，意在表明牛和人没什么区别，人同样过着牛马一般的生活，直接升华了诗歌的主题。

🖋 大师名句

谁知盘中餐,粒粒皆辛苦?
——(唐)李绅《悯农(其二)》

【赏析】有多少人能想到,我们碗中的米饭,一粒一粒都是农民辛苦劳动得来的呀?

田家少闲月,五月人倍忙。
——(唐)白居易《观刈(yì)麦》

【赏析】农民很少有空闲的月份,五月到来了,人们更加繁忙。

童孙未解供耕织,也傍桑阴学种瓜。
——(宋)范成大《四时田园杂兴(其三十一)》

【赏析】小孩子虽然不会耕田织布,也在那桑树荫下学着种瓜。

🖋 名句应用

别看这小小的一粒米,从田间到餐桌,背后可是凝结着无数人的劳动。爱惜粮食是对劳动者的尊重,也是对每一位劳动者的感恩,谁知盘中餐,粒粒皆辛苦。

鸽子

◎ 胡适

云淡天高,好一片晚秋天气!

有一群鸽子,在空中游戏。

看他们三三两两,

回环来往,

夷犹如意,——

忽地里,翻身映日,白羽衬青天,十分鲜丽!

走近诗人

胡适（1891—1962），安徽省绩溪县人，中国现代思想家、文学家、哲学家、诗人，五四新文化运动的领袖之一，中国新体诗鼻祖。

诗临其境

《鸽子》刊登在1918年1月出版的《新青年》杂志上，此时白话文运动正在兴起，就连中国最传统的诗歌也在由旧体诗向白话文的新体诗转变，《鸽子》就是这一时期新体诗的一次尝试。

胡适的《蝴蝶》还保持着格式的整齐，而《鸽子》则是由三字句、四字句、五字句、七字句组成，形式更加自由，语言上又是相当口语化。总之，它明显地冲破了旧体诗词格律的束缚。

而这首诗在内容上也十分容易理解，表面上写的是在蓝天自由翱翔的鸽子，实际上是赞扬五四运动时期那些积极向上、意气风发的中国新青年，赞扬他们给中国带来的新气象、新面貌。

大师名句

红莲相倚浑如醉，白鸟无言定自愁。

——（宋）辛弃疾《鹧鸪天·鹅湖归病起作》

【赏析】红艳艳的莲花互相倚靠，像极了喝醉了酒的姑娘，羽毛雪白的水鸟安闲静默，定然是独自在发愁。

信宿渔人还泛泛，清秋燕子故飞飞。

——（唐）杜甫《秋兴（其三）》

【赏析】连续两夜在船上过夜的渔人，仍泛着小舟在江中漂流。虽已是清秋季节，燕子仍然展翅飞来飞去。

山气日夕佳，飞鸟相与还。

——（东晋）陶渊明《饮酒（其五）》

【赏析】此时我看到山中的气息与傍晚的景色十分迷人，飞鸟结伴从远处归来。

名句应用

傍晚时分，我和妈妈终于登上了华山之巅，只见整个大地都披上了一层"金黄色的被子"，远处的山峦在余晖（huī）的映照下显得异常雄伟壮观。此时，雾气从地面缓缓升起，让大地处在一片朦胧之中。夕阳西下，鸟儿排着队从远处飞回丛林休息。此情此景，不禁让人想起那句古诗：山气日夕佳，飞鸟相与还。

第二章

——纯真可爱的童真生活

摇篮歌

◎ 朱湘

春天的花香真正醉人,
一阵阵温风拂上人身,
你瞧日光它移得多慢,
你听蜜蜂在窗子外哼:
　　睡呀,
　　宝宝,
　蜜蜂飞得真轻。

天上瞧不见一颗星星,
地上瞧不见一盏红灯;
什么声音也都听不到,
只有蚯蚓在天井里吟:
　　睡呀,
　　宝宝,
　蚯蚓都停了声。

一片片白云天空上行，
像是些小船漂过湖心，
一刻儿起，一刻儿又沉，
摇着船舱里安卧的人：
　　睡呀，
　　　宝宝，
　　　　你去跟那些云。

不怕它北风树枝上鸣，
放下窗子来关起房门；
不怕它结冰十分寒冷，
炭火生在那白铜的盆：
　　睡呀，
　　　宝宝，
　　　　挨着炭火的温。

走近诗人

朱湘（1904—1933），中国现代著名诗人、散文家、翻译家，"新月派"的代表人物，被誉为"中国的济慈""诗人的诗人"。朱湘的诗精于格律形式，诗句精练有力，富有人生哲学。其翻译的诗歌也是诗歌翻译史上不可多得的佳品。著有《夏天》《草莽集》《石门集》等作品。

诗临其境

《摇篮歌》是近代诗人朱湘于1925年创作的一首现代诗。此诗写母亲哄宝宝入睡的情景，表达的是纯真的母爱。全诗节奏轻缓、动听，是摇篮曲的典范之作。

在内容上，《摇篮歌》选取了一年四季每个季节中有代表性的意象，表达出诗人对幸福生活的渴望与追求以及对伟大母爱的热情讴（ōu）歌。

《摇篮歌》不同于一般的诗歌，它重点突出节奏美，这一点在这首诗中非常突出，几乎全篇都在押韵，如第一节所采用的韵脚"慢""哼""轻"，最后一节的"门""盆""温"。音调拖长的衬字"呀"的多次使用使这首诗有了民歌的抒情韵味。

另外，"睡呀，宝宝"，在每节后反复吟唱，使得整首诗的音节变化匀称和谐。

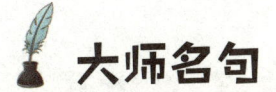

大师名句

谁言寸草心，报得三春晖。
——（唐）孟郊《游子吟》

【赏析】有谁敢说，子女像小草那样微弱的孝心，报答得了像春晖普泽的伟大的母爱呢？

棘（jí）心夭夭，母氏劬（qú）劳。
——（先秦）诗经《国风·邶（bèi）风·凯风》

【赏析】枣树的嫩芽长得壮，母亲实在太辛苦。

爱子心无尽，归家喜及辰。
——（清）蒋士铨（quán）《岁暮到家》

【赏析】母亲对子女的爱是无穷无尽的，我在过年的时候回到家，母亲多高兴啊！

名句应用

母爱是世间最无私、最伟大的爱。它就像一盏永不熄灭的明灯，照亮我们前行的道路；它就像一眼永不枯竭的甘泉，滋润我们茁壮成长；它就像一首动人心弦的赞歌，永远响彻我们内心。谁言寸草心，报得三春晖，我们只能用一辈子去报答伟大的母爱了。

孩子的世界

◎［印度］泰戈尔｜郑振铎（duó）译

我愿我能在我孩子自己的世界的中心，
占一角清净地。

我知道有星星同他说话，
天空也在他面前垂下，
用它傻傻的云朵和彩虹来娱悦他。

那些以为他是哑的人，
那些看上去像是永不会走动的人，
都带了他们的故事，
捧了满装着五颜六色的玩具的盘子，
匍匐（pú fú）地来到他的窗前。

我愿我能在横过孩子心中的道路上游行，
解脱了一切的束缚。

在那儿，
使者奉了无所谓的使命奔走于无史的诸王的王国间；

在那儿，
理智将它的法律做成纸鸢而放飞，
真理也使事实从桎梏（zhì gù）中获得了自由。

走近诗人

泰戈尔（1861—1941），印度诗人、文学家、作家、艺术家，获得诺贝尔文学奖的亚洲人。代表作有《吉檀迦利》《飞鸟集》《眼中沙》《四个人》《家庭与世界》《园丁集》《新月集》《最后的诗篇》《戈拉》《文明的危机》等。

郑振铎（1898—1958），作家、诗人、学者、翻译家，一生著述颇丰，有专著《中国俗文学史》《中国文学论集》等，译著《飞鸟集》《新月集》等。

诗临其境

《孩子的世界》是一首充满童趣和想象力的诗歌，它描绘了一个孩子眼中的世界，展现了一个充满梦幻和自由的世界。

诗人运用比喻和象征的手法，将孩子的世界与星星、天空等元素联系在一起，构成了一幅充满童趣的画面。泰戈尔通过描绘孩子的世界，让读者感受到了孩子内心的纯净和善良。

另外，诗人通过赞美孩子世界的美好来批判大人世界的虚伪。

🖋 大师名句

牧童归去横牛背，短笛无腔信口吹。

——（宋）雷震《村晚》

【赏析】小牧童横骑在牛背上，拿着一支短笛，随意吹着，缓缓把家还。

儿童急走追黄蝶，飞入菜花无处寻。

——（宋）杨万里《宿新市徐公店》

【赏析】小孩子飞快地奔跑着追赶黄色的蝴蝶，可是蝴蝶突然飞入菜花丛中，再也找不到了。

不解藏踪迹，浮萍一道开。

——（唐）白居易《池上》

【赏析】撑船的小孩子不知道怎么掩藏踪迹，水面的浮萍上留下了一条船儿划过的痕迹。

🖋 名句应用

菜花田里，金黄色的菜花铺满地，像是给大地铺了一张巨大的金黄色地毯。不远处一些叽叽喳喳的孩子在捉蝴蝶，金黄色的菜花随风摇曳，仿佛在为儿童们加油鼓掌。可蝴蝶怎么肯轻易让他们捉住，它们轻轻扇动翅膀就飞走了。正是*儿童急走追黄蝶，飞入菜花无处寻*。

两个老鼠抬了一个梦

◎ 刘大白

孩子说：
"母亲，我昨儿晚上做了一个梦；
现在却有点儿记不起来，迷迷糊糊了。"
母亲笑着说：
"两个老鼠抬了一个梦。"

老鼠怎么能抬梦？
梦怎么抬法？
老鼠抬了梦去做什么？
这不是梦中说梦的梦话？

不是梦话哪——

她怎地记不起梦来？

那梦上哪儿去，

要不是老鼠把梦抬？

那老鼠刚抬了梦跑，

蓦地里来了一头猫；

那老鼠吓了一跳，

这梦就跌（diē）得粉碎得没处找。

哦，我知道了！

我们做过的梦，都上哪儿去了！

原来都被猫儿吓跑了抬夫，

跌碎得没处找了！

第二章 纯真可爱的童真生活

走近诗人

刘大白（1880—1932），浙江绍兴人。中国现代著名诗人，文学史家。主要著作有新诗集《旧梦》《邮吻》、旧诗集《白屋遗诗》，诗话《白屋说诗》《旧诗新话》以及《中国文学史》等。

诗临其境

《两个老鼠抬了一个梦》是一首十分富有童真趣味的诗，全诗开头就由孩子做梦引起。在诗人的故乡浙江绍兴，当孩子睡醒后不知道梦的内容时，妈妈就会安慰她说："两个老鼠抬了一个梦。"

可在孩子的眼中，梦让老鼠抬走了是多么新奇呀，于是小孩子展开了丰富的想象，老鼠把孩子的梦抬走了，可半路遇到了猫，本来梦还是可以找到的，但是老鼠看到猫吓得魂儿都没了，于是抬着的梦就掉在地上碎了一地，因此梦再也找不到了。

刘大白的许多诗歌都有民歌的调调，许多段落都富有韵律美，本诗也不例外，比如，第四节的"跑""猫""跳""找"，以及末节的"了"，读起来富有节奏美。

大师名句

竹影和诗瘦，梅花入梦香。
　　——（金）王庭筠《绝句》

　　【赏析】清瘦的竹影和着诗句以及梅花的香气伴着我入梦。

三千丈清愁鬓发，五十年春梦繁华。
　　——（元）乔吉《折桂令·客窗清明》

　　【赏析】太多的烦恼催出了三千丈的白发垂肩，再久的繁华也不过是一场春梦。

夜夜除非，好梦留人睡。
　　——（宋）范仲淹《苏幕遮·怀旧》

　　【赏析】（因为心情郁闷）除非每天夜里都是美梦才能安然入睡。

名句应用

　　晚安，愿今晚的月光能给你带来安宁，愿你心中的梦想在甜美的梦中绽放。愿你拥有一夜好眠，明天醒来，充满力量和希望。晚安，好梦留人睡。

深笑

◎ 林徽因

是谁笑得那样甜,那样深,
那样圆转?一串一串明珠
大小闪着光亮,迸出天真!
清泉底浮动,泛流到水面上,
　　灿烂,
　　　分散!

是谁笑得好花儿开了一朵?
　那样轻盈,不惊起谁。
细香无意中,随着风过,
拂在短墙,丝丝在斜阳前,
　　挂着,
　　　留恋。

是谁笑成这百层塔高耸(sǒng),
　让不知名鸟雀来盘旋?是谁
笑成这万千个风铃的转动,
　从每一层琉璃的檐边,
　　摇上,
　　　云天?

🌞 走近诗人 🌞

林徽因（1904—1955），原名林徽音，福建福州人。中国诗人、作家、建筑学家，胡适称其为"中国一代才女"。少年成名，游历世界，学贯中西，后半生历经战乱。诗文透彻深远，清新秀丽。她一生著述不多，但均属佳作，代表作有诗歌《你是人间的四月天》、小说《九十九度中》、散文《一片阳光》、译作《夜莺与玫瑰》等。

🌞 诗临其境 🌞

《深笑》是林徽因于1936年发表在《大公报·文艺副刊》上的一首现代诗，她通过不同的角度来描写"笑"，让人们对"笑"这个世界上最美好的符号有了更深层的了解。

本诗一共分三节，每节均由"是谁……"领起，然后层层深入，反复吟唱，充满回环之美。每节一共有六行，前四句是长句，后两句是短句，形成倒金字塔形，富有韵律之美。

另外，诗歌的用词极其文雅。首节的"清泉"，次节的"花儿"，尾节的"百层塔"，都是中国古典诗歌中经典的意象，读完让人感觉清新明快、心旷神怡。

大师名句

元是今朝斗草赢，笑从双脸生。
——（宋）晏殊《破阵子·春景》

【赏析】原来是今天斗草获得了胜利啊！不由得脸颊上也浮现出了笑意。

万里归来颜愈少，微笑，笑时犹带岭梅香。
——（宋）苏轼《定风波·南海归赠王定国侍人寓娘》

【赏析】你从遥远的地方归来却看起来更加年轻了，而且笑容依旧，笑颜里好像还带着岭南梅花的清香。

人面不知何处去，桃花依旧笑春风。
——（唐）崔护《题都城南庄》

【赏析】今日再来此地，姑娘不知去向何处，只有桃花依旧，含笑怒放于春风之中。

名句应用

微笑能使你的委屈从眉梢滑落，微笑能融化你内心的烦恼；微笑是清泉，给夏日带来一股清凉；微笑是风筝，可以让你在天空中自由翱翔。阳光总在风雨后，不管失败还是痛苦，笑从双脸生，笑一笑后任何事情都没什么大不了。

玩具

◎ [印度] 泰戈尔 | 郑振铎 译

孩子，你真是快活呀！

一早晨坐在泥土里，

耍着折下来的小树枝儿。

我微笑着看你在那里耍弄那根折下来的小树枝儿。

我正忙着算账，

一小时一小时在那里加叠数字。

也许你在看我，心想："这种好没趣的游戏，

竟把你一早晨的好时间浪费掉了！"

孩子，我忘了聚精会神玩耍树枝与泥饼的方法了。

我寻求贵重的玩具，收集金块与银块。

你呢，无论找到什么便去做你的快乐的游戏，

我呢，却把我的时间与力气都浪费在那些我永不能得到的东西上。

我在我的脆薄的独木船里挣扎着，要航过欲望之海，

竟忘了我也是在那里做游戏了。

走近诗人

泰戈尔（1861—1941），印度诗人、文学家、作家、艺术家，获得诺贝尔文学奖的亚洲人。代表作有《吉檀迦利》《飞鸟集》《眼中沙》《四个人》《家庭与世界》《园丁集》《新月集》《最后的诗篇》《戈拉》《文明的危机》等。

郑振铎（1898—1958），作家、诗人、学者、翻译家，一生著述颇丰，有专著《中国俗文学史》《中国文学论集》等，译著《飞鸟集》《新月集》等。

诗临其境

泰戈尔在许多诗歌中都对童真给予了无限的赞美，《玩具》这首诗也不例外，他通过成人的视角表达了对孩子的赞美。

在孩子的世界中，一切都很纯粹，哪怕是一根树枝他都能玩耍一整天，他不追求目的，只会好好享受过程，因为他的欲望很简单，生活十分快乐。

可是大人的世界则复杂多了，人们活在这个世界上，就存在种种欲望，比如，对金钱的欲望，人们仿佛成了金钱的奴隶，在追求金钱的欲望之海上永不停歇，永远不会有尽头。

诗人通过大人和孩子的对比告诫人们，要用一颗平常心去面对这个纷扰的世界。

大师名句

海风吹不断，江月照还空。

——（唐）李白《望庐山瀑布二首》

【赏析】瀑布从高处落下，水势壮观，再大的海风也吹不断，江月照在上面却能直透其中。

长风破浪会有时，直挂云帆济沧海。

——（唐）李白《行路难》

【赏析】相信总有一天，（我）能乘长风破万里浪，高高挂起云帆，在沧海中勇往直前！

云海茫茫无处归，谁听哀鸣急。

——（宋）朱敦儒《卜算子·旅雁向南飞》

【赏析】云海茫茫归处又在何方？谁能听见鸿雁的声声哀嚎？

名句应用

在漫长的人生旅程中，我们肯定会遇到许多困难和挫折，此时我们不能放弃，更不要气馁（něi），必须坚韧不拔。而且我们要知道这些曾经的艰辛与困难，都将成为我们人生旅程中最宝贵的财富。相信长风破浪会有时，大胆去追求梦想吧！

金色花

◎［印度］泰戈尔｜郑振铎译

假如我变成了一朵金色花，为了好玩，
长在树的高枝上，笑嘻嘻地在空中摇摆，
又在新叶上跳舞，妈妈，你会认识我吗？
你要是叫道："孩子，你在哪里呀？"
我暗暗地在那里匿笑，却一声儿不响。
我要悄悄地开放花瓣儿，看着你工作。

当你沐浴后，湿发披在两肩，
穿过金色花的林荫，走到做祷告的小庭院时，
你会嗅到这花香，
却不知道这香气是从我身上来的。

当你吃过午饭，坐在窗前读《罗摩衍那》，
那棵树的阴影落在你的头发与膝上时，
我便要将我小小的影子投在你的书页上，
正投在你所读的地方。
但是你会猜得出这就是你孩子的小小影子吗？

当你黄昏时拿了灯到牛棚里去，
我便要突然地再落到地上来，又成了你的孩子，
求你讲故事给我听。
"你到哪里去了，你这坏孩子？"
"我不告诉你，妈妈。"
这就是你同我那时所要说的话了。

走近诗人

泰戈尔（1861—1941），印度诗人、文学家、作家、艺术家，获得诺贝尔文学奖的亚洲人。代表作有《吉檀迦利》《飞鸟集》《眼中沙》《四个人》《家庭与世界》《园丁集》《新月集》《最后的诗篇》《戈拉》《文明的危机》等。

郑振铎（1898—1958），作家、诗人、学者、翻译家，一生著述颇丰，有专著《中国俗文学史》《中国文学论集》等，译著《飞鸟集》《新月集》等。

诗临其境

《金色花》是泰戈尔散文诗集《新月集》中的代表作，这首诗刻画出一个天真可爱而又稍带顽皮的孩子形象，表达了孩子对母亲的深厚感情。

诗歌用一个机灵可爱的孩子的奇特想象说起，他想象自己变成一朵金色花，然后和母亲进行了三次互动。第一次是在母亲祷告时，他变成金色花，散发香气；第二次是在母亲读书时，他将影子投在书页上；第三次是在母亲拿着灯去牛棚时，他突然跳到母亲跟前，恢复原形。以儿童特有的方式表达对母亲的感情。

这首诗从母亲的角度来说，是"我"消失了一天，可是从"我"的角度来说，却始终和母亲在一起。而最后一句母亲问"你到哪里去了"，表面上看是母亲对孩子不告而别的做法有些责怪，其实是母亲看到孩子后表现出了惊喜之情，更表现出母亲对孩子的爱。

大师名句

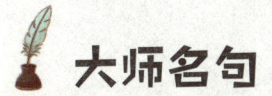

已是悬崖百丈冰，犹有花枝俏。

——（近代）毛泽东《卜算子·咏梅》

【赏析】悬崖已结百丈尖冰，但梅花依然傲雪俏丽盛放。

晓看红湿处，花重锦官城。

——（唐）杜甫《春夜喜雨》

【赏析】天亮的时候，一定可以看到锦官城的大街小巷万紫千红的景象。

忽如一夜春风来，千树万树梨花开。

——（唐）岑参《白雪歌送武判官归京》

【赏析】好像一夜之间有春风吹过，所有的树上仿佛盛开了梨花。

名句应用

下雪了，洁白的雪花如漫天飞舞的柳絮，覆盖了整个世界。真是忽如一夜春风来，千树万树梨花开。雪花在阳光的照射下，闪烁着晶莹的光芒，仿佛是无数小精灵在跳舞。踩在厚厚的积雪上，发出咯吱咯吱的声响，仿佛是大自然演奏出的最美的乐章。

纸船

◎ [印度] 泰戈尔 | 郑振铎译

我每天把纸船一个个放在急流的溪中。

我用大黑字写我的名字和我住的村名在纸船上。

我希望住在异地的人会得到这纸船,知道我是谁。

我把园中长的秀丽花载在我的小船上,希望这些黎明开的花能在夜里被平平安安地带到岸上。

我投我的纸船到水里,仰望天空,看见小朵的云正在张着满鼓着风的白帆。

我不知道天上有我的什么游伴把这些船放下来同我的船比赛!

夜来了,我的脸埋在手臂里,梦见我的船在子夜的星光下缓缓地浮泛前去。

睡仙坐在船里,带着满载着梦的篮子。

走近诗人

泰戈尔（1861—1941），印度诗人、文学家、作家、艺术家，获得诺贝尔文学奖的亚洲人。代表作有《吉檀迦利》《飞鸟集》《眼中沙》《四个人》《家庭与世界》《园丁集》《新月集》《最后的诗篇》《戈拉》《文明的危机》等。

郑振铎（1898—1958），作家、诗人、学者、翻译家，一生著述颇丰，有专著《中国俗文学史》《中国文学论集》等，译著《飞鸟集》《新月集》等。

诗临其境

《纸船》这首诗描写的是一个儿童对这个世界的探索和想象。诗的前三句描写的是儿童对远方的憧憬，对外界关注的渴望以及对神秘事物的向往。

诗的第四、第五句写出了孩子的天真可爱之处，让人看到了这个小主人公对花儿特殊的喜爱，以及独特的关心方式。接下来的两句"我"又展开联想，把白云想象成船和"我"的纸船比赛，这些天马行空的想象充满了孩子的童真。

诗的最后两句写的是小主人公做梦的场景，他梦到睡仙坐在纸船里，带着梦的篮子漂向远方，说明"我"对远方世界的好奇和向往。

大师名句

窗含西岭千秋雪，门泊东吴万里船。
——（唐）杜甫《绝句》

【赏析】我坐在窗前，可以望见西岭上堆积着终年不化的雪，门前停泊着自万里外的东吴远行而来的船只。

姑苏城外寒山寺，夜半钟声到客船。
——（唐）张继《枫桥夜泊》

【赏析】姑苏城外那寂寞清静的寒山古寺，半夜里敲钟的声音传到了客船上。

两岸猿声啼不住，轻舟已过万重山。
——（唐）李白《早发白帝城》

【赏析】长江两岸猿猴的啼声不断，回荡不绝。不知不觉间，轻快的小船已驶过连绵不绝的万重山峦。

名句应用

人生如同在茫茫大海中航行的一叶扁舟，有时会遇到险峻的山峦，有时会遇到湍急的河流，此时我们需要直面困难和挑战，用坚定的信念和积极的态度以及 轻舟已过万重山 的心态去迎接一切。只有这样，才能够乘风破浪，最终到达理想的彼岸。

第三章
播下一颗梦想的种子

我是少年（节选）

◎ 郑振铎

我是少年！我是少年！

我有喷腾的热血和活泼进取的气象。

我欲进前！进前！进前！

我有同胞的情感，

我有博爱的心田。

我看见前面的光明，

我欲驶破浪的大船，

满载可怜的同胞，

进前！进前！进前！

不管它浊(zhuó)浪排空，狂飙(biāo)肆虐，

我只向光明的所在，进前！进前！进前！

走近诗人

郑振铎（1898—1958），作家、诗人、学者、翻译家，一生著述颇丰，有专著《中国俗文学史》《中国文学论集》等，译著《飞鸟集》《新月集》等。

诗临其境

《我是少年》是郑振铎于1919年用白话文创作的一首现代诗，原文共两节，本篇为第二节。

诗的第一句就点明主题，作为少年的"我"不再遮遮掩掩，"我"要向世人表明我是一个新时代的少年。

接下来几句诗人用最直白的方式呼喊出作为少年应该具备的特点：热血沸腾、活泼、积极进取、爱同胞、爱世人。

然后诗人又坦露了"我"的豪情壮志，那就是无论遇到多大的困难，"我"都会勇往直前，不会退缩，相信最后的胜利会属于"我"。

诗中的"我"，既是诗人自己，也是当时整个朝气蓬勃的、觉醒了的一代人的化身。

大师名句

少年易老学难成，一寸光阴不可轻。

——（宋）朱熹《偶成》

【赏析】青春的日子十分容易逝去，学问却很难获得成功，所以每一寸光阴都要珍惜，不能轻易放过。

少年辛苦终身事，莫向光阴惰（duò）寸功。

——（唐）杜荀鹤《题弟侄书堂》

【赏析】年轻时的努力是终身受益的大事，对着匆匆逝去的光阴，不要丝毫放松自己的努力。

欲买桂花同载酒，终不似，少年游。

——（宋）刘过《唐多令·芦叶满汀洲》

【赏析】想要买上桂花，带着美酒一同去水上泛舟逍遥一番，却没有了少年时那种豪迈的意气。

名句应用

你对时间越吝啬，时间对你就越慷慨。要让时间不辜负你，首先你要不辜负时间。如果你选择了放弃，时间也会毫不犹豫地放弃你。一寸光阴不可轻，我们应该珍惜每一分每一秒的时间，因为它的一点一滴都是我们人生中宝贵的财富。

希望

◎ 胡适

我从山中来,
带得兰花草,
种在小园中,
希望开花好。

一日望三回,
望到花时过;
急坏看花人,
苞也无一个。

眼见秋天到,
移花供在家;
明年春风回,
祝汝(rǔ)满盆花!

走近诗人

胡适（1891—1962），安徽省绩溪县人，中国现代思想家、文学家、哲学家、诗人，五四新文化运动的领袖之一，中国新体诗鼻祖。

诗临其境

1921年，作者到北京西山访友时友人赠送他一盆兰花草，但是这盆兰花草迟迟不开花，诗人有感而发，于是写下这首诗。

诗人用白描的手法，直观记录自己内心微妙的变化。他先是从山中带回自己喜爱的兰花草，然后小心翼翼地种在自己的院子中，满怀希望它能开花。可是等来等去，直到过了花期也不见它开花，此时诗人的希望破灭。可是诗人并没有灰心，他把兰花草放到房间里，希望它第二年能开花，也代表诗人把希望寄托在未来。

从形式上讲，这首小诗虽然是五言诗，但已和格律诗有别，四句一小节，每节偶句押韵，四句一转，让全诗读起来颇有节奏感。

🖋 大师名句

沉舟侧畔千帆过，病树前头万木春。

——（唐）刘禹锡《酬乐天扬州初逢席上见赠》

【赏析】沉船旁仍有许多完好的船只经过，枯萎生病的树木的前面也有万千林木欣欣向荣。

待到重阳日，还来就菊花。

——（唐）孟浩然《过故人庄》

【赏析】等到九九重阳节到来时，再请君来这里观赏菊花。

春风来不远，只在屋东头。

——（明）于谦《除夜太原寒甚》

【赏析】春风马上就要来了，离我们不远了，近得简直就像在我们房屋的东头。

🖋 名句应用

困难是人生的磨石，挫折是生命的试金石。只有经过困难的磨砺，我们才能更加坚韧；只有经过挫折的锤炼，我们才能更加强大。面对困难和挫折，我们不能轻言放弃，沉舟侧畔千帆过，病树前头万木春。只要有希望，坚定信念，勇往直前，我们就能在挫折中看到希望的光芒，迈向成功的彼岸。

我为少男少女们歌唱

◎ 何其芳

我为少男少女们歌唱。

我歌唱早晨，

我歌唱希望，

我歌唱那些属于未来的事物，

我歌唱正在生长的力量。

我的歌呵，

你飞吧，

飞到年轻人的心中

去找你停留的地方。

所有使我像草一样颤抖过的

快乐或者好的思想，

都变成声音

飞到四方八面去吧，

不管它像一阵微风

或者一片阳光。

第三章　播下一颗梦想的种子

轻轻地从我琴弦上
失掉了成年的忧伤，
我重新变得年轻了，
我的血流得很快，
对于生活我又充满了梦想，
充满了渴望。

走近诗人

何其芳（1912—1977），诗人、散文家、文学评论家。北京大学哲学系毕业，是"汉园三诗人"之一。大学期间所写的散文集《画梦录》获得了1936年《大公报》文艺奖金。其代表作有：诗集《预言》、散文集《画梦录》《还乡杂记》等。

诗临其境

1938年，诗人来到延安后目睹了延安军民火热的战斗生活，仿佛看到了祖国的未来、民族的希望，以豪迈的激情创作了这首诗。

全诗一共分为四节。第一节，诗人就用直白的手法写出他要赞美的对象——少男少女，赞美他们的词语也十分积极向上，说他们是"早晨""希望""属于未来""正在生长"等。

到了第二节，诗人希望自己的歌声"飞到年轻人的心中，去找你停留的地方"，这是多么美好的期望呀！

第三节，诗人写出了漂亮的意象："不管它像一阵微风或者一片阳光。"诗人在第三节这样写，就使得第一、第二两节中"我的歌"腾空而起，化为微风，化为阳光，显得活泼而空灵。

最后一节，诗人情绪一转，"轻轻地从我琴弦上失掉了成年的忧伤"，这句话与全诗起句的"歌唱"相呼应，并紧接着出现最后四行，与全诗构成了浑然一体的意境。

🖋 大师名句

李白乘舟将欲行,忽闻岸上踏歌声。
　　——(唐)李白《赠汪伦》

　　【赏析】我乘上小船正准备出发,忽然听到岸上传来悠扬的踏歌之声。

战士军前半死生,美人帐下犹歌舞。
　　——(唐)高适《燕歌行》

　　【赏析】战士在前线杀得昏天黑地,生死不明,将帅们依然逍遥自在地在营帐中观赏美人的歌舞。

此曲只应天上有,人间能得几回闻。
　　——(唐)杜甫《赠花卿》

　　【赏析】这样的乐曲只应该天上有,人间哪能听见几回!

🖋 名句应用

　　昨天妈妈和我看了一场音乐剧,里面的音乐是那么悦耳动听,又是那么哀伤凄婉,歌声余音绕梁,三日不绝,细细听来,一种深沉却飘然出世的感觉占据人的心头,仿佛一切尘嚣都已远去。此曲只应天上有,人间能得几回闻。

时间

◎ 林徽因

人间的季候永远不断在转变
春时你留下多处残红,翩然辞别,
本不想回来时同谁叹息秋天!

现在连秋云黄叶又已失落去
辽远里,剩下灰色的长空一片
透彻的寂寞,你忍听冷风独语?

☀ 走近诗人 ☀

　　林徽因（1904—1955），原名林徽音，福建福州人。中国诗人、作家、建筑学家，胡适称其为"中国一代才女"。少年成名，游历世界，学贯中西，后半生历经战乱。诗文透彻深远，清新秀丽。她一生著述不多，但均属佳作，代表作有诗歌《你是人间的四月天》、小说《九十九度中》、散文《一片阳光》、译作《夜莺与玫瑰》等。

☀ 诗临其境 ☀

　　惜春和悲秋是中国古今文人经常涉猎的一个主题，林徽因这个心思细腻的女诗人自然也捕捉到了这个主题。

　　"人间的季候永远不断在转变。"是呀，世间万物都在随时间改变，不变是短暂的，变才是永恒的。

　　"春时你留下多处残红，翩然辞别"。春天带来了万紫千红，它挥手和人们告别时只留下几处残红，然后翩然辞别。大自然真是无情呀，这几句表达出诗人惜春、伤春之情。

　　春天固然值得怜惜，秋天更是令人悲伤，它甚至连一片黄叶都不给人们留下，剩下的只是灰色的天空。灰色的天空使作者感受到"透彻的寂寞"，孤独凄凉地听"冷风独语"，这是多么凄凉的一幕呀！

大师名句

流光容易把人抛,红了樱桃,绿了芭蕉。
　　——(宋)蒋捷《一剪梅·舟过吴江》

　　【赏析】春光容易流逝,人们根本追赶不上,樱桃才红,芭蕉又绿了。

无可奈何花落去,似曾相识燕归来。
　　——(宋)晏殊《浣溪沙·一曲新词酒一杯》

　　【赏析】那花儿落去我也无可奈何,那归来的燕子似曾相识。

花有重开日,人无再少年。
　　——(宋)陈著《续侄溥(pǔ)赏酴醿(tú mí)劝酒二首(其一)》

　　【赏析】花儿凋谢了,第二年又能再次盛开。人却不同,人老了就不能返回到少年时代。

名句应用

　　转眼间,六年的小学时光已如同手中紧握的沙子,无声无息地流失了。然而,花有重开日,人无再少年。沙子流失了,可以再抓一把;花儿凋零了,可以等到来年春天重新绽放;可童年流逝了,却永远无法从头再来。

第四章

——温润浓浓的人间真情

纸船
——寄母亲

◎ 冰心

我从不肯妄弃了一张纸,

总是留着——留着,

叠成一只一只很小的船儿,

从舟上抛下在海里。

有的被天风吹卷到舟中的窗里,

有的被海浪打湿,沾在船头上。

我仍是不灰心地每天叠着,

总希望有一只能流到我要它到的地方去。

母亲,倘若你梦中看见一只很小的白船儿,

不要惊讶它无端入梦。

这是你至爱的女儿含着泪叠的,

万水千山,求它载着她的爱和悲哀归去!

☀ 走近诗人 ☀

冰心（1900—1999），原名谢婉莹，现代诗人、翻译家、儿童文学家，被称誉为"中国儿童文学奠基人"。祖籍福建福州，毕业于燕京大学，后赴美国留学。以五四作家的身份登上文坛，围绕母爱、童真和自然三大主题，创作了大量优秀的儿童文学作品，创作生涯长达80年。代表作品有《繁星》《春水》《寄小读者》《小橘灯》等，深受广大小读者的喜爱。

☀ 诗临其境 ☀

《纸船》是现代诗人冰心创作的一首现代诗，是诗人在留学的轮船上因想到彼岸的母亲有感而发的一首作品。

这首诗的前几句以一个童心未泯（mǐn）的孩子的举动——叠纸船写起，通过"叠纸船"这一充满童趣的行动，寄托对母亲的思念。

接着，诗人将寄托思念的纸船放入大海，可是这小小的纸船怎能抵抗这狂风巨浪呢？即便如此，诗人仍然不放弃地每天叠着纸船，这表明她对母爱强烈的渴望。

诗人自然也明白纸船是不可能流到母亲身边的，于是她另辟蹊径，创造出一种梦幻般的、悱恻的意境，这才终于和母亲有了沟通，这不禁令人凄然。

大师名句

春雨断桥人不度，小舟撑出柳阴来。

——（宋）徐俯《春游湖》

【赏析】下了几天雨，河水涨起来淹没了小桥，人不能过河，正在这时候，一叶小舟从树荫下缓缓驶出。

明月满深浦（pǔ），愁人卧孤舟。

——（唐）白居易《将之饶州，江浦夜泊》

【赏析】夜深人静，明月照在江浦之上，我独自在小船里躺着忧愁。

同作逐臣君更远，青山万里一孤舟。

——（唐）刘长卿《重送裴（péi）郎中贬吉州》

【赏析】我和君同被贬逐漂泊，只是君的路途更遥远。一路远去，只有那万里青山与君相伴。

名句应用

春雨洗涤了万物，滋润了大地，微风拂过，带来阵阵花香，让人心旷神怡。可是河上的小桥却被淹没了，正当人们发愁如何渡河时，一条小船忽然出现，一切都刚刚好，正是春雨断桥人不度，小舟撑出柳阴来。

乡愁

◎ 余光中

小时候
乡愁是一枚小小的邮票
我在这头
母亲在那头

长大后
乡愁是一张窄窄的船票
我在这头
新娘在那头

后来啊
乡愁是一方矮矮的坟墓
我在外头
母亲在里头

而现在
乡愁是一湾浅浅的海峡
我在这头
大陆在那头

走近诗人

余光中(1928—2017),中国台湾现代著名作家、诗人、学者、翻译家,祖籍福建永春。代表作有《乡愁》《乡愁四韵》《听听那冷雨》《我的四个假想敌》等。

诗临其境

《乡愁》是诗人余光中因渴望祖国的统一和亲人的团聚而作的一首诗。

从结构上,本诗一共分四节,每一节在字数、句式上基本一致。诗人巧妙地将"邮票""船票""坟墓""海峡"四个生活中常见的具体事物用在表现非常抽象的乡愁这个主题上,不得不说十分巧妙。

从写作内容上,本诗按照时间顺序,让"乡愁"这个概念不断变化,乡愁的对象从小时候具体的"家乡"到长大后异国他乡的"乡",从具体的地域之乡再到祖国大陆的文化之乡,从情感上使"乡愁"的情感层层递进。

大师名句

举头望明月,低头思故乡。

——(唐)李白《静夜思》

【赏析】我禁不住抬起头来,看那窗外空中的一轮明月,不由得低头沉思,想起远方的家乡。

近乡情更怯(qiè),不敢问来人。

——(唐)宋之问《渡汉江》

【赏析】越走近故乡心里就越是胆怯,不敢向从家乡过来的人打听。

南人上来歌一曲,北人莫上动乡情。

——(唐)刘禹锡《竹枝词》

【赏析】当地人来来往往,唱着当地民歌,外乡人也动了乡情。

名句应用

家乡是一抹皎皎的月光,总是让人心动不已;家乡是一串永恒的记忆,总是让人在不经意间想起。今天又到中秋了,我抬头望着异国他乡的月亮,举头望明月,低头思故乡,不知道此时我的家人是否和我一样望着月亮,像我思念他们一样思念我呢?

祖国啊,我亲爱的祖国(节选)

◎ 舒婷

我是你河边上破旧的老水车,
数百年来纺着疲惫的歌;
我是你额上熏(xūn)黑的矿灯,
照你在历史的隧洞里蜗行摸索
我是干瘪的稻穗,是失修的路基;
是淤(yū)滩上的驳船
　把纤绳深深
　勒(lēi)进你的肩膊,
——祖国啊!

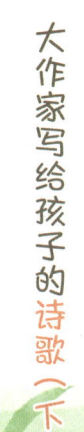

我是你的十亿分之一，
是你九百六十万平方的总和；
你以伤痕累累的乳房
喂养了
迷惘（wǎng）的我、深思的我、沸腾的我；
那就从我的血肉之躯上
去取得
你的富饶、你的荣光、你的自由；
——祖国啊，
我亲爱的祖国！

走近诗人

舒婷(1952—),祖籍福建泉州,原名龚佩瑜,后改名龚舒婷,中国当代女诗人、作家,朦胧诗派的代表人物之一。出版诗集《会唱歌的鸢尾花》《舒婷的诗》《双桅(wéi)船》等,代表作有《祖国啊,我亲爱的祖国》《致橡树》《双桅船》《神女峰》等。

诗临其境

《祖国啊,我亲爱的祖国》是当代诗人舒婷于1979年创作的一首抒情现代诗。此诗一共有四节,本书节选首节和末节。

诗的首节回顾祖国古老而苦难的历史,以五个典型的意象生动形象地刻画了祖国过去的沉重历史,节末一句"祖国啊!"表达诗人对祖国母亲过去经历的感同身受以及对祖国顽强不屈精神的深深叹服。

而到了末节,诗人更是表达了为祖国做出奉献的决心。曾经迷惘的"我",经过深思熟虑,如今的情感已经沸腾,"我"确信愿意为祖国的未来奉献"我"的血肉之躯。末句"祖国啊,我亲爱的祖国!"使全诗的情感达到了高峰。

🖋 大师名句

只解沙场为国死，何须马革裹尸还。

——（清）徐锡麟《出塞》

【赏析】战士只知道在战场上要为国捐躯，何必去考虑把尸体运回家乡的事呢？

国破山河在，城春草木深。

——（唐）杜甫《春望》

【赏析】长安沦陷，国家破碎，只有山河依旧；春天来了，人烟稀少的长安城里荒草遍布。

北国风光，千里冰封，万里雪飘。

——（近代）毛泽东《沁园春·雪》

【赏析】北方的风光，千万里冰封冻，千万里雪花飘。

🖋 名句应用

下雪了，落光了叶子的柳树上挂满了冰凉凉、白花花、亮晶晶的银条儿。地上的雪厚厚的，又松又软，踩上去就会发出咯吱咯吱的声音，好像正在演奏一首欢乐的歌曲。抬头望去，远处的山也盖上了一层白色棉被，好一派北国风光！

乡愁

◎ 席慕蓉

故乡的歌是一支清远的笛

总在有月亮的晚上响起

故乡的面貌却是一种模糊的怅（chàng）惘

仿佛雾里的挥手别离

离别后

乡愁是一棵没有年轮的树

永不老去

走近诗人

席慕蓉（1943—），蒙古族，现代著名诗人、散文家、画家。代表作品有诗集《七里香》《无怨的青春》《时光九篇》《边缘光影》《迷途诗册》《我折叠着我的爱》，散文集、画册以及选本等50余种，读者遍及海内外，诗作被译为多国文字。

诗临其境

《乡愁》是当代诗人席慕蓉于20世纪80年代初创作的一首现代诗，当时的台湾与大陆之间仍不能公开往来，作为蒙古族人的席慕蓉想起了那个她小时候记忆中的大陆故乡，于是写下了这首诗。

本诗一共分三节，第一节从月亮和笛声说起。月亮是中国思乡概念中最具象的一个，而清远的笛声更加剧了思乡的心情。思乡的笛声在有月亮的夜晚响起，而月亮一年四季都会升起，表现了思乡之情是无时无刻不在的。

第二节诗人开始回忆故乡。自己虽然想念家乡，但是从小远离故乡，她记忆中的故乡隐隐约约、朦朦胧胧，就像是雾里的挥手别离，这不免让人唏嘘（xī xū）不已。

最后一节将本诗推向高潮，诗人将思乡比喻成没有年轮的树，表现了思乡之情是永恒的，不会随着岁月的变化而减少。

大师名句

此夜曲中闻折柳,何人不起故园情。

——(唐)李白《春夜洛城闻笛》

【赏析】就在今夜,听到有人用笛吹奏着《折杨柳》,哪个人的思乡之情不会油然而生呢?

独在异乡为异客,每逢佳节倍思亲。

——(唐)王维《九月九日忆山东兄弟》

【赏析】独自远离家乡难免有一点凄凉,每到重阳佳节倍加思念远方的亲人。

潮平两岸阔,风正一帆悬。

——(唐)王湾《次北固山下》

【赏析】潮水涨满,两岸之间水面宽阔,顺风行船恰好把帆儿高悬。

名句应用

月亮圆了又缺,可能连它自己都不在乎,可是我在乎。今年是我异乡求学的第一年,独在异乡为异客,每逢佳节倍思亲,在这个中秋佳节,思念如潮水把我包围,家乡的亲人可好?

你是人间的四月天
——一句爱的赞颂
◎ 林徽因

我说你是人间的四月天；
笑响点亮了四面风；轻灵
在春的光艳中交舞着变。

你是四月早天里的云烟，
黄昏吹着风的软，星子在
无意中闪，细雨点洒在花前。

那轻，那娉婷，你是，鲜妍
百花的冠冕你戴着，你是
天真，庄严，你是夜夜的月圆。

雪化后那片鹅黄，你像；新鲜
初放芽的绿，你是；柔嫩喜悦
水光浮动着你梦期待中白莲。

你是一树一树的花开，是燕
在梁间呢喃，——你是爱，是暖，
是希望，你是人间的四月天！

走近诗人

林徽因（1904—1955），原名林徽音，福建福州人。中国诗人、作家、建筑学家，胡适称其为"中国一代才女"。少年成名，游历世界，学贯中西，后半生历经战乱。诗文透彻深远，清新秀丽。她一生著述不多，但均属佳作，代表作有诗歌《你是人间的四月天》、小说《九十九度中》、散文《一片阳光》、译作《夜莺与玫瑰》等。

诗临其境

这首诗发表于1934年4月的《学文》。据说这首诗是诗人为儿子的出生而作，以表达儿子的出生带给自己的喜悦，以及从儿子身上看到的希望和活力。

四月是春天的盛季，四月蕴含希望、热情与梦想，轻风、云烟、星子、细雨、百花、圆月、白莲都可以在四月天里找到，诗人将赞美的对象比喻成四月天，可见诗人对她赞美的对象的喜爱程度。

另外，这首诗采用大量比喻、排比等修辞手法，读来会让人体会到诗人心中那份纯净，更见清新的自然流露。

大师名句

等闲识得东风面，万紫千红总是春。

——（宋）朱熹《春日》

【赏析】谁都可以看出春天的面貌，春风吹得百花开放、万紫千红，到处都是春天的美景。

几处早莺争暖树，谁家新燕啄春泥。

——（唐）白居易《钱塘湖春行》

【赏析】几只早出的黄莺争栖向阳的暖树，谁家新飞来的燕子忙着为筑新巢衔来了春泥？

沾衣欲湿杏花雨，吹面不寒杨柳风。

——宋·志南《绝句》

【赏析】杏花开放的季节，细密的雨丝轻轻地沾在衣服上，仿佛有些湿润；杨柳发绿的时候，柔和的春风徐徐地吹在人脸上，没有丝毫寒意。

名句应用

寒冷的冬风已挥手和我们告别，温柔的春风迈着轻盈的步伐不知不觉地来了。她吹到田野里，田野变绿了；她吹到桃花旁，桃花就盛开了。吹面不寒杨柳风，此时的春风吹到身上，会让你觉得十分惬（qiè）意。

游子谣

◎ 戴望舒

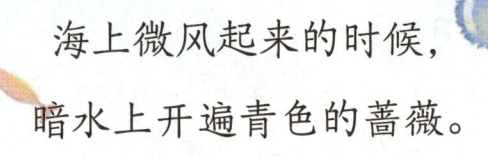

海上微风起来的时候，
暗水上开遍青色的蔷薇。
——游子的家园呢？

篱门是蜘蛛的家，
土墙是薜荔（bì lì）的家，
枝繁叶茂的果树是鸟雀的家。

游子却连乡愁也没有，
他沉浮在鲸鱼海蟒（mǎng）间：
让家园寂寞的花自开自落吧。

因为海上有青色的蔷薇，
游子要萦（yíng）系他冷落的家园吗？
还有比蔷薇更清丽的旅伴呢。

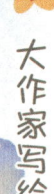

清丽的小旅伴是更甜蜜的家园，
游子的乡愁在那里徘徊踯躅（zhí zhú）。
唔，永远沉浮在鲸鱼海蟒间吧。

第四章 温润浓浓的人间真情

走近诗人

戴望舒（1905—1950），名承，字朝安，小名海山，曾用笔名梦鸥、江思等，现代著名诗人、翻译家，因《雨巷》成为传诵一时的名作而被称为"雨巷诗人"。早年就读于上海大学、复旦大学。无论理论还是创作实践，都对我国新诗的发展产生过相当大的影响。

诗临其境

《游子谣》是现代诗人戴望舒创作的一首新诗。此诗一共五节，通过五个不同的画面表现了诗人对故国家园的眷（juàn）恋。

第一节写诗人出现乡愁之情。第二节诗人写故乡的景色，用三个排比句表现家园的衰落，也表现出诗人的无奈以及惋惜。

第三节诗人道出自己并不是没有乡愁，而是不敢有乡愁，因为他处境艰险，无法自保，乡愁也只能暂时搁置了。

第四节中，游子用转移情感来排遣乡愁："还有比蔷薇更清丽的旅伴呢。"

最后一节让我们看到游子更为复杂的内心变化。因为乡愁并未因旅伴而消除，而是被压制，"唔"这个象声词表现游子经过深思熟虑后下定了挣脱乡愁、面对现实的决心。

大师名句

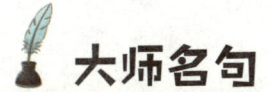

羁（jī）鸟恋旧林，池鱼思故渊。
——（东晋）陶渊明《归园田居》

【赏析】笼中鸟常依恋往日的山林，池里鱼向往着从前的深潭。

来日绮窗前，寒梅著花未？
——（唐）王维《杂诗三首（其二）》

【赏析】请问您来的时候我家雕画花纹的窗户前，那一株蜡梅花开了没有？

逢人渐觉乡音异，却恨莺声似故山。
——（唐）司空图《漫书五首》

【赏析】遇到陌生人时感到和家乡的语言差别越来越大，但是山中的莺声和故乡的莺啼很相似。

名句应用

来到北方求学已经一年了，虽然这里的同学都热情无比，可是我似乎依然没有适应这里的环境。我总是感觉这里的食物比家乡的要淡，这里的风比家乡的要凛冽，这里的树木似乎也比家乡的要矮小。可能这就是人们说的羁鸟恋旧林，池鱼思故渊吧。

榕树

◎ [印度] 泰戈尔 | 郑振铎译

喂，你站在池边的蓬头的榕树，
　你可曾忘记了那小小的孩子，
就像那在你的枝上筑巢又离开了你的鸟儿似的孩子？

　你不记得他怎样坐在窗内，
诧（chà）异地望着你那深入地下的纠缠的树根么？

　妇人们常到池边，汲（jí）了满罐的水去，
　　你的大黑影便在水面上摇动，
　好像睡着的人挣扎着要醒来似的。

　　日光在微波上跳舞，
好像不停不息的小梭在织着金色的花毡（zhān）。

两只鸭子挨着芦苇,在芦苇影子上游来游去,
孩子静静地坐在那里想着。

他想做风,吹过你的萧萧的树杈;
想做你的影子,在水面上,随了日光而俱长;
想做一只鸟儿,栖息在你的最高枝上;
还想做那两只鸭,在芦苇与阴影中间游来游去。

走近诗人

泰戈尔（1861—1941），印度诗人、文学家、作家、艺术家，获得诺贝尔文学奖的亚洲人。代表作有《吉檀迦利》《飞鸟集》《眼中沙》《四个人》《家庭与世界》《园丁集》《新月集》《最后的诗篇》《戈拉》《文明的危机》等。

郑振铎（1898—1958），作家、诗人、学者、翻译家，一生著述颇丰，有专著《中国俗文学史》《中国文学论集》等，译著《飞鸟集》《新月集》等。

诗临其境

《榕树》选自泰戈尔的《新月集》，诗人通过对孩提时代朝夕相处的榕树的亲切问候和回忆，表达了他对故乡以及母爱的怀念和眷恋。

诗的开头就以反问开始，表面看是问榕树，其实是问自己，诗人显然是在回忆过去的美好时光。

在孩童时代，诗人曾在窗前望着榕树发呆，也看到榕树旁的情景，大人在为生活忙碌，孩子则在一旁发呆。那个时候他无忧无虑，因此看到的世界都是美好的：日光在微波上跳舞、鸭子游来游去。通过对这些情景的描述也是在怀念那个不会重来的童年。

当然了，我们也说这里的榕树是母亲和故乡的化身，而在孩子眼中，母亲和故乡就是他的整个世界，他想做风、做影子、做鸟甚至做鸭子都是围绕着这些想法展开的，体现出他对母亲和故乡的真挚的爱。

大师名句

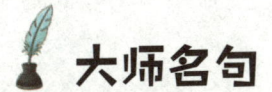

慈母手中线，游子身上衣。

——（唐）孟郊《游子吟》

【赏析】我的慈母正在用手中的针线，为远行的我缝制身上的衣衫。

人家见生男女好，不知男女催人老。

——（唐）王建《短歌行》

【赏析】人人都说有了子女好，却不知道有了儿女，自己也就慢慢衰老了。

月明闻杜宇，南北总关心。

——（宋）王安石《将母》

【赏析】母亲在月圆之夜突然听到杜鹃的声音，想起离家在外的儿子。虽然天南地北相隔万里，但心中依旧是深深的牵挂。

名句应用

母爱是太阳，给我们生命的光芒。母爱是大树，为我们遮风避雨。母爱是大海，伟大，无私，宽广。慈母手中线，游子身上衣，母爱不分大小，更不能用金钱去衡量，它在我眼中是无价之宝。

我的歌

◎ [印度] 泰戈尔 | 郑振铎译

我的孩子，
我这一支歌将扬起它的乐声围绕你，
好像那爱情的热恋的手臂一样。

我这一支歌将触着你的前额，
好像那祝福的吻一样。

当你只是一个人的时候，
它将坐在你的身旁，在你耳边微语着；
当你在人群中的时候，
它将围住你，使你超然物外。

我的歌将成为你的梦的翼翅,
它将把你的心移送到不可知的岸边。

当黑夜覆盖在你路上的时候,
它又将成为那照临在你头上的忠实的星光。

我的歌又将坐在你眼睛的瞳（tóng）仁里,
将你的视线带入万物的心里。

当我的声音因死亡而沉寂时,
我的歌仍将在你活泼泼的心中唱着。

走近诗人

泰戈尔（1861—1941），印度诗人、文学家、作家、艺术家，获得诺贝尔文学奖的亚洲人。代表作有《吉檀迦利》《飞鸟集》《眼中沙》《四个人》《家庭与世界》《园丁集》《新月集》《最后的诗篇》《戈拉》《文明的危机》等。

郑振铎（1898—1958），作家、诗人、学者、翻译家，一生著述颇丰，有专著《中国俗文学史》《中国文学论集》等，译著《飞鸟集》《新月集》等。

诗临其境

泰戈尔在《新月集》里描绘了许许多多天真可爱的儿童，他也因此被称为"儿童诗人"。而《我的歌》是诗人直接表达对儿童的喜爱的一首诗。

诗人上来就忍不住为孩子唱一首赞歌，这其实是诗人的心里话：在你需要祝福之时，"我"可以给予你一吻的祝福；当你一个人时，"我"可以在你身边给予陪伴；当你向往远方时，"我"会成为你的梦翼；当你在漆黑的夜里时，"我"愿意做你头顶上的星光；当你迷茫时，"我"愿意带你看清这纷扰的世界；甚至当"我"的生命结束时，"我"依然不停地给予你关爱。

诗人不仅教孩子真理，他更希望耐心地陪孩子经历生命中的点点滴滴。

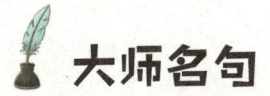

大师名句

儿童散学归来早，忙趁东风放纸鸢。
——（清）高鼎《村居》

【赏析】村里的孩子们放了学急忙跑回家，迎着东风把风筝放上天。

小娃撑小艇，偷采白莲回。
——（唐）白居易《池上》

【赏析】一个小孩撑着小船，偷偷地采了些白莲回来。

不畏罗衣湿，折花风雨中。
——（宋）张子容《缺题》

【赏析】小孩子不怕衣服湿了，即便是下着雨也要采花。

名句应用

春天的傍晚，天气不冷不热，此时东风吹起，小河两岸的柳树随风摇曳，青草的香气扑鼻而来，一群活泼可爱的孩子纷纷拿出自己心爱的风筝在草地上放飞。好一幅儿童散学归来早，忙趁东风放纸鸢的图画，此时我赶忙拿起画笔记录下这美好的一幕。

七子之歌（澳门）

◎ 闻一多

你可知"妈港"不是我的真名姓？
我离开你的襁褓（qiǎng bǎo）太久了，母亲！
但是他们掳（lǔ）去的是我的肉体，
你依然保管着我内心的灵魂。
三百年来梦寐（mèi）不忘的生母啊！
请叫儿的乳名，
叫我一声"澳门"！
母亲！我要回来，母亲！

☀ 走近诗人 ☀

　　闻一多（1899—1946），本名家骅，字友三，湖北省黄冈市浠水县人，1916年开始在《清华周刊》上发表系列读书笔记。中国现代诗人、学者。代表作品有《红烛》《死水》等。2009年，闻一多被评为100位为新中国成立做出突出贡献的英雄模范人物之一。

☀ 诗临其境 ☀

　　《七子之歌》是爱国诗人闻一多先生于1925年发表在《现代评论》上的一组诗，当时中国的澳门、香港、台湾等七个地方先后被西方的帝国主义列强霸占，闻一多感慨中国陷入了危难时刻，于是愤慨地写下七首诗以盼望七子回归祖国。

　　开头两句说妈港（Macau的音译）不是"我"的真名姓，这个是葡萄牙人起的名字，"我"还在襁褓中时就被别人抢走了，已经和祖国母亲分别了几百年，实在是太久了。

　　第三、第四句用肉体和精神对比，突出澳门想回归祖国的炽（chì）热之情，接下来的第五、第六、第七句加强了这种情感，用拟人的手法表现了澳门满怀深情的呼唤。

　　最后一句把全诗推向高潮，诗人用一声声的呼唤表现出强烈的民族意识，抒发期盼澳门回归的强烈愿望。

大师名句

临行密密缝，意恐迟迟归。
　　——（唐）孟郊《游子吟》

　　【赏析】儿子临行前母亲一针针密密地缝着衣服，担心儿子迟迟不归，衣服破损。

当时父母念，今日尔应知。
　　——（唐）白居易《燕诗示刘叟》

　　【赏析】抛弃父母那时父母多么挂念，应知道今天你们也会如此。

儿行千里路，亲心千里逐。
　　——（清）徐熙《劝孝歌》

　　【赏析】儿子外出走了千里路，母亲在心里跟着担心了千里。

名句应用

　　儿行千里路，亲心千里逐。母亲的爱就像一条绵延不绝的线，无论孩子走到哪里，母亲的心都紧紧地牵挂着他们，那份爱从未改变；母亲的爱也是一眼甘甜的清泉，无论孩子多么口渴，只要喝上一口，就能感受到那份沁人心脾的清凉和舒爽。

第五章
——启迪孩子的哲思能力

梦与诗

◎ 胡适

都是平常经验,

都是平常影象,

偶然涌到梦中来,

变幻出多少新奇花样!

都是平常情感,

都是平常言语,

偶然碰着个诗人,

变幻出多少新奇诗句!

醉过才知酒浓,

爱过才知情重;——

你不能做我的诗,

正如我不能做你的梦。

☀ 走近诗人 ☀

胡适（1891—1962），安徽省绩溪县人，中国现代思想家、文学家、哲学家、诗人，五四新文化运动的领袖之一，中国新体诗鼻祖。

☀ 诗临其境 ☀

全诗分为三节。第一节说的是做梦梦到的都是平常的经验和影象，但是成了梦之后，可以创造出千姿百态的风貌。

第二节开始说作诗，诗人认为作诗是以情感和言语表现的，强调"平常情感"和"平常言语"也能展现艺术的魅力。第一、第二节采用了"比"和"兴"的手法，强调做梦和作诗是可以互通的。

第三节是全诗的核心，强调了新诗创作的经验性这个道理。没喝醉过的人无论如何也想象不到醉酒的状态，没爱过的人不知道情有多重。你不是我，我也不是你，你的经历和我的经历不同，因此你做的梦和我的不同，你写出来的诗和我的肯定也是不一样的。

大师名句

文章千古事，得失寸心知。
——（唐）杜甫《偶题》

【赏析】文学创作是千古不朽的事情，但其创作中的得与失只有自己知道。

读书破万卷，下笔如有神。
——（唐）杜甫《奉赠韦左丞丈二十二韵》

【赏析】先后读熟万卷书籍，写起文章来下笔敏捷，有如神助。

两句三年得，一吟双泪流。
——（唐）贾岛《题诗后》

【赏析】这两句诗我琢磨三年才写出，一读起来禁不住两行热泪流出来。

名句应用

读书是打开成功之门的钥匙，是点亮思维的火花，是智慧的源泉，是心灵的明灯。读书破万卷，下笔如有神，持之以恒地阅读，写文章时就可以文如泉涌，妙笔生花。

断章

◎ 卞之琳

你站在桥上看风景，
看风景人在楼上看你。

明月装饰了你的窗子，
你装饰了别人的梦。

第五章 启迪孩子的哲思能力

走近诗人

卞之琳(1910—2000),江苏人,中国现当代诗人、文学评论家、翻译家,为新文化运动中重要的诗歌流派新月派的代表诗人。著有诗集《三秋草》《鱼目集》《汉园集》《十年诗草》等,诗歌《断章》是他不朽的代表作。

诗临其境

《断章》是现代诗人卞之琳于1935年创作的一首现代诗。这首诗只有四行。诗人通过对景物在刹那间的感悟,涉及了哲学中"相对性"的命题。

全诗分为两节,可以看作电影中的两组分镜头。第一组镜头中站在桥上的"你"是主体,"你"正在看风景。第二组镜头中看风景的主体变成了楼上的人,此时第一组镜头中看风景的"你"成了别人的风景。通过两组蒙太奇镜头的切换,揭示了宇宙中事物普遍存在的一种相对性的哲学命题。

这首诗在解释抽象的哲学概念时并未使用那些玄之又玄的道理,而是用美丽生动的画面去表现,给人一种很强的美感。

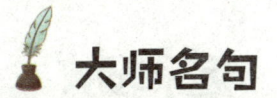

🖋 大师名句

明月出天山，苍茫云海间。
　　——（唐）李白《关山月》

　　【赏析】一轮明月从祁连山升起，正悬挂在苍茫的云海之间。

春风一夜吹乡梦，又逐春风到洛城。
　　——（唐）武元衡《春兴》

　　【赏析】昨天晚上一夜春风吹动了我甜蜜的思乡梦，在梦中我追逐着春风回到了家乡洛阳城。

世事一场大梦，人生几度秋凉？
　　——（宋）苏轼《西江月·世事一场大梦》

　　【赏析】世上万事恍如一场大梦，人生经历了几度这充满凉意的秋天？

🖋 名句应用

　　我是第一个登上山顶的，此时已经是傍晚了，月亮已经升起，只见明月圆润如玉，山峦在天际起伏，云海在山间翻腾，真不愧是明月出天山，苍茫云海间。月光如银丝般洒落在山石、树木、溪流之上，使之都披上了一层洁白的光辉，整个世界都笼罩在一片神秘的幽光之中。

远和近

◎ 顾城

你
一会看我
一会看云

我觉得
你看我时很远
你看云时很近

☀ 走近诗人 ☀

顾城（1956—1993），原籍上海，成长于诗人之家，是我国新时期朦胧诗派的代表人物，被称为以一颗童心看世界的"童话诗人"。顾城在新诗、旧体诗和寓言故事诗上都有很高的造诣，尤其是《一代人》中的"黑夜给了我黑色的眼睛／我却用它寻找光明"堪称中国新诗的经典名句。

☀ 诗临其境 ☀

《远和近》是朦胧派诗人顾城的代表作，全诗只有短短24个字，它通过对方对"我"与"云"的距离来揭示某种关于人心的深刻哲理。

诗人从对方的眼中说起，说对方一会儿看我一会儿看云，说明对方距离"我"不是很远，但是对方距离云很远，这个远和近说的是实际的物理距离。

可接下来诗人突然感慨：你看我时很远，你看云时很近。这显然说的是人心的感觉。

两个离得再近的人只要内心出现了隔阂，那么他们双方心灵的距离其实就比人和天空的距离还要远了。而人与云代表的是人与大自然，人可以通过内心感悟自然，因此觉得很近。

这首诗构思奇妙，诗人运用象征手法，通过心理距离与物理距离的对比，表达了他对人与人之间良好关系的追求与向往。

大师名句

众鸟高飞尽，孤云独去闲。

——（唐）李白《独坐敬亭山》

【赏析】群鸟高飞无影无踪，孤云独去自在悠闲。

青海长云暗雪山，孤城遥望玉门关。

——（唐）王昌龄《从军行七首（其四）》

【赏析】青海湖上乌云密布，连绵的雪山一片暗淡。边塞古城，玉门雄关，远隔千里，遥遥相望。

千里黄云白日曛，北风吹雁雪纷纷。

——（唐）高适《别董大》

【赏析】黄昏的落日使千里浮云变得暗黄，北风劲吹，大雪纷纷，雁儿南飞。

名句应用

沿着石头铺成的蜿蜒山路，穿梭在郁郁葱葱的树林里，享受着和煦（xù）的春风，聆听着悦耳的鸟鸣，三小时后我们终于爬上了泰山山顶。站在泰山之巅远眺，有一种众鸟高飞尽，孤云独去闲的感觉。

我思想

◎ 戴望舒

我思想,故我是蝴蝶……

万年后小花的轻呼,

透过无梦无醒的云雾,

来震撼我斑斓的彩翼。

第五章 启迪孩子的哲思能力

走近诗人

戴望舒（1905—1950），名承，字朝安，小名海山，曾用笔名梦鸥、江思等，现代著名诗人、翻译家，因《雨巷》成为传诵一时的名作而被称为"雨巷诗人"。早年就读于上海大学、复旦大学。无论理论还是创作实践，都对我国新诗的发展产生过相当大的影响。

诗临其境

《我思想》这首小诗表达的是一种生命哲学。"我思想，故我是蝴蝶……"这句话化用了西方哲学大师笛卡儿"我思故我在"，又引出了中国古代哲学"庄周梦蝶"的典故，两者都是对个体生命存在的形而上的思考。

"万年后小花的轻呼，透过无梦无醒的云雾，来震撼我斑斓的彩翼"，显然一万年以后人作为个体会消失，但是思想不会。它犹如哲学里的蝴蝶，可以长生，可以穿越时空，穿过无边无际的云雾一直飞，直到有吸引它的小花的地方它才会停下来，这个时间可以是千年、万年。

这首诗表达了诗人对思想的感悟，他认为思想具有一种永恒的价值。

大师名句

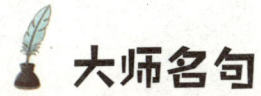

飒（sà）飒西风满院栽，蕊寒香冷蝶难来。
——（唐）黄巢《题菊花》

【赏析】飒飒秋风卷地而来，满园菊花瑟瑟飘摇。花蕊花香充满寒意，蝴蝶蜜蜂难以到来。

穿花蛱（jiá）蝶深深见，点水蜻蜓款款飞。
——（唐）杜甫《曲江二首（其二）》

【赏析】但见蝴蝶在花丛深处穿梭往来，蜻蜓在水面款款而飞，时不时点一下水。

人间四月芳菲尽，山寺桃花始盛开。
——（唐）白居易《大林寺桃花》

【赏析】在人间四月里百花凋零已尽，高山古寺中的桃花才刚刚盛开。

名句应用

登上山顶，我放眼望去，只见云海缭绕，春意盎然，不远处的山顶上一朵朵桃花竞相绽放，红艳艳的，像一个个害羞的少女。而此时山下的桃花早已凋谢，不禁让我想起<u>人间四月芳菲尽，山寺桃花始盛开</u>的情景。

飞鸟

◎ [印度] 泰戈尔 | 郑振铎译

夏天的飞鸟,
飞到我的窗前唱歌,
又飞走了。
秋天的黄叶,
它无歌可唱,
只叹息一声,
飞落在那里。

☀ 走近诗人 ☀

泰戈尔（1861—1941），印度诗人、文学家、作家、艺术家，获得诺贝尔文学奖的亚洲人。代表作有《吉檀迦利》《飞鸟集》《眼中沙》《四个人》《家庭与世界》《园丁集》《新月集》《最后的诗篇》《戈拉》《文明的危机》等。

郑振铎（1898—1958），作家、诗人、学者、翻译家，一生著述颇丰，有专著《中国俗文学史》《中国文学论集》等，译著《飞鸟集》《新月集》等。

☀ 诗临其境 ☀

《飞鸟集》是印度著名诗人泰戈尔于1916年创作出版的诗集，里面包括了325首无标题的小诗，主要描写的是飞鸟、小草、落叶、星辰、山水、河流等，本诗为《飞鸟集》的第一首。

在这首诗中，鸟和黄叶都是自然界最常见的事物。可区别在于，鸟是动的，黄叶是相对静止的。鸟可以飞到我的窗前又飞走，代表它是自由的。而黄叶一生都围绕着大树活动，就算是生命结束也离不开大树，代表着束缚。

诗人通过对飞鸟和黄叶的对比描写，表达了自己对自由的渴望。

大师名句

冉冉秋光留不住,满阶红叶暮。

——(五代)李煜《谢新恩·冉冉秋光留不住》

【赏析】留不住的秋光慢慢在消逝,满阶的红叶落入暮色中。

黄花深巷,红叶低窗,凄凉一片秋声。

——(宋)蒋捷《声声慢·秋声》

【赏析】菊花黄黄的开放在那深深的小巷,枫叶红红的映照着低矮的门窗,凄凉一片都是那秋天的声音。

秋庭不扫携藤杖,闲踏梧桐黄叶行。

——(唐)白居易《晚秋闲居》

【赏析】要是坐久了,不妨手携藤杖,去那庭中走走,虽说秋庭不扫,黄叶满阶,那也别去管它,我只管悠闲地踏着沙沙黄叶,一路向前走去。

名句应用

秋天像是大自然中最神奇的一个画家,他只要动动手指,秋天就变成了一幅彩色画。走进枫树林,枫叶红得似火,艳得赛红玫瑰。一阵秋风吹来,几片枫叶就和大树挥手告别,然后像一只只红艳艳的大蝴蝶一样来了一场最后的狂欢。踩在树叶上,我终于体会到古人那种<u>闲踏梧桐黄叶行</u>的感觉了。

变与不变

◎ 徐志摩

树上的叶子说:"这来又变样儿了,你看,有的是抽心烂,有的是卷边焦!"

"可不是,"答话的是我自己的心:它也在冷酷的西风里褪色,凋零。

这时候连翩的明星爬上了树尖;"看这儿,"它们仿佛说,"有没有改变?"

"看这儿,"无形中又发动了一个声音,"还不是一样鲜明?"——插话的是我的魂灵。

走近诗人

徐志摩（1897—1931），现代诗人、散文家，新月派代表诗人之一。1918年至1921年，先后赴美国和英国留学，深受欧美浪漫主义和唯美派诗风的影响。1923年，成立新月社，成为现代文学史上的标志性诗人之一。其代表作品有《再别康桥》《翡冷翠的一夜》《志摩的诗》《猛虎集》《落叶》等。

诗临其境

《变与不变》是现代诗人徐志摩于1927年写的一首现代诗，全诗通过对话的方式探讨了变与不变的这个哲学话题。

在诗的首节，诗人抛弃以前先写景再写感悟的习惯，直接让叶子和"我"对话。叶子说一切是变化的，"我"就附和一句"可不是"，表明"我"对自然的四季变迁感同身受，和叶子的想法是一致的。

第二节对话的主题变成树尖的星星。在星星看来，它的观点和叶子刚好相反，认为一切是永恒不变的，而此时"我"竟然也赞同星星说的话，觉得有些事情是永远不变的。

在此诗中"我"是一个矛盾的角色，既赞同树上的叶子说的变化，又赞同树尖的星星说的不变。这首诗表现了诗人在变中追寻不变，在凋零中追寻永恒的积极态度。

🖋 大师名句

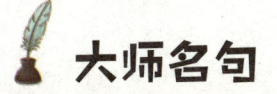

星垂平野阔，月涌大江流。
——（唐）杜甫《旅夜书怀》

【赏析】星星垂在天边，平野显得宽阔；月光随波涌动，大江滚滚东流。

灯火万家城四畔，星河一道水中央。
——（唐）白居易《江楼夕望招客》

【赏析】四周是万家灯火，一道银河倒映在水中央。

疏星淡月秋千院，愁云恨雨芙蓉面。
——（元）张可久《塞鸿秋·春情》

【赏析】疏疏的星，淡淡的月，冷冷清清秋千院，愁如云，恨似雨，布满芙蓉般的脸面。

🖋 名句应用

晴朗的夜晚，天空就成了星星们的聚集地，一闪一闪的小星星们就像许许多多的小灯笼，是它们点缀了单调的夜空。它们还像一个个笑脸，不停地闪烁着神奇的光芒和我打招呼。走在湖边，还可以看到星河一道水中央的情景。

快乐

◎闻一多

快乐好比生机：
生机底的消息传到绮（qǐ）甸，
　　群花便立刻
　　披起五光十色的绣裳。

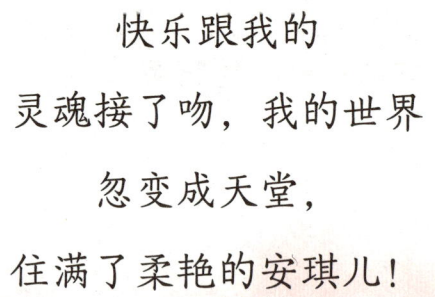

　　快乐跟我的
灵魂接了吻，我的世界
　　忽变成天堂，
住满了柔艳的安琪儿！

☀ 走近诗人 ☀

闻一多（1899—1946），本名家骅，字友三，湖北省黄冈市浠水县人，1916年开始在《清华周刊》上发表系列读书笔记。中国现代诗人、学者。代表作品有《红烛》《死水》等。2009年，闻一多被评为100位为新中国成立做出突出贡献的英雄模范人物之一。

☀ 诗临其境 ☀

《快乐》是爱国诗人闻一多青年时期创造的一首诗歌，不同于他后期忧国忧民的悲伤调子，整首诗描绘了青年人朝气蓬勃的想象，体现了诗人在初涉诗坛时独特的生命哲学观。

本诗一共分为两节。在第一节中，诗人把抽象的"快乐"给具象化了，"快乐好比生机"，"生机"传达的是生命中乐观的部分，意思是说"快乐"是"生命"的一种乐观情绪。而且"快乐"可以在宇宙中自由流传，它时而展翅飞向国外——绮甸（今缅甸），时而又回旋于国内，它用不同的形式带给人们不同的感受。在第二节中，"快乐"被诗人赋予了情感和智慧。想象一下，你的快乐可以直抵灵魂，和灵魂融为一体，那感觉就和人在天堂里一样美妙了。

诗人以寥（liáo）寥数笔将"快乐"这种抽象情感描画得淋漓尽致、有声有色，读后给人以心旷神怡的感觉。

大师名句

白日放歌须纵酒，青春作伴好还乡。
　　——（唐）杜甫《闻官军收河南河北》

【赏析】我想要纵酒高歌，和春光结伴同回故乡。

少年欢乐须及时，莫学懦夫长泣岐（qí）。
　　——（唐）李咸用《短歌行》

【赏析】年轻时要及时行乐，不要像懦（nuò）夫般长时间地哭泣不止。

月子弯弯照九州，几家欢乐几家愁。
　　——（宋）民歌《月子弯弯照九州》

【赏析】弯弯的月亮照耀在中华大地。可同在一片月亮下，有的人家欢乐，有的人家却整天忧愁。

名句应用

　　全校纸飞机大赛终于结束了，真是几家欢乐几家愁。你看名列前茅的班长春风得意，喜上眉梢，笑得快成了弥勒佛；没有得奖的小胖却一脸愁容，他蹲在树下，像是看到老鹰的小鸡，一动不动，不知道在想什么。

第六章
——感受友情的无穷力量

送别（节选）

◎ 李叔同

长亭外，古道边，芳草碧连天。
晚风拂柳笛声残，夕阳山外山。
天之涯，地之角，知交半零落。
一壶浊酒尽余欢，今宵别梦寒。

☀ 走近诗人 ☀

李叔同（1880—1942），字息霜，浙江平湖人，中国艺术教育家、书法家、戏剧家，早期话剧奠基人之一。

☀ 诗临其境 ☀

《送别》是李叔同于 1915 年为美国歌曲《梦见家和母亲》填写的一首中文词，词的内容可分为两部分。第一部分写景，选取了"长亭""古道""芳草""柳"等典型的表达送别的意象；"晚风""夕阳"却是表达喜悦之情的意象，通过对比更能体现有朋友在时的喜悦以及友人离别后的落寞之情。

第二部分将离别的愁绪推向了高潮。"天之涯，地之角，知交半零落"。世界上有那么多人，可懂我的又有几个？好不容易找到一个还要离我而去，怎能叫我不悲伤，不过此时朋友还在，不如"一壶浊酒尽余欢"。

最后，用"今宵别梦寒"总括全篇，强调以后与朋友见面不容易，只能在梦里相见，一种凄美感油然而生。

大师名句

海内存知己,天涯若比邻。
——(唐)王勃《送杜少府之任蜀州》

【赏析】只要有知心朋友,四海之内便不觉遥远。即使相隔在天涯,感觉也如同近邻一样。

日暮征帆何处泊,天涯一望断人肠。
——(唐)孟浩然《送杜十四之江南》

【赏析】太阳将要落山,友人离去的小船将要停泊在什么地方?友人去后,望尽天涯也看不见了,真让人肝肠寸断,忧伤至极。

春草明年绿,王孙归不归。
——(唐)王维《山中送别》

【赏析】春草到明年催生新绿,朋友啊,你能不能回来呢?

名句应用

人生的脚印有深有浅,生活的味道有浓有淡,重逢的味道有苦有甜,唯有友情越久越暖。作为我最要好的朋友,你离别后我们的友谊不会间断,就像古人说的那样:海内存知己,天涯若比邻。

雨同我

◎ 卞之琳

"天天下雨,自从你走了。"
"自从你来了,天天下雨。"
两地友人雨,我乐意负责。
第三处没消息,寄一把伞去?

我的忧愁随草绿天涯:
鸟安于巢吗?人安于客枕?
想在天井里盛一只玻璃杯,
明朝看天下雨今夜落几寸。

☀ 走近诗人 ☀

卞之琳(1910—2000),江苏人,中国现当代诗人、文学评论家、翻译家,为新文化运动中重要的诗歌流派新月派的代表诗人。著有诗集《三秋草》《鱼目集》《汉园集》《十年诗草》等,诗歌《断章》是他不朽的代表作。

☀ 诗临其境 ☀

《雨同我》一诗写于1937年。这首诗总体表现了诗人对世人以及万物的关心。本诗一共两节,每节四行。

该诗前两句先由两地的友人互通来信中分别对"雨"的埋怨写起,第三句诗人表示感同身受,并愿意分担友人的苦闷。当然了,诗人此时也想到了其他的朋友,他们是不是也在淋雨,是否给他们寄过去一把伞呢?

第二节一开始诗人就说:"我的忧愁随草绿天涯。"原来诗人不但关心身边的朋友,还关心他人,甚至世间万物。

接下来诗人突发奇想,放一个玻璃杯在天井里,那明天就可以知道雨下得有多大了,这样"我"就知道这个世界是怎么样的了。诗人在这里所说的"雨"既可指自然界的雨,也可指人世间的风雨——磨难与困苦。

大师名句

江南无所有，聊赠一枝春。
——（南北朝）陆凯《赠范晔诗》

【赏析】江南没有更好的礼品相送，姑且把一枝梅花送给你。

天街小雨润如酥，草色遥看近却无。
——（唐）韩愈《早春呈水部张十八员外二首（其一）》

【赏析】京城的街道上空细雨纷纷，润滑如酥油，小草钻出地面，远望草色依稀连成一片，近看时却显得稀疏零星。

洛阳亲友如相问，一片冰心在玉壶。
——（唐）王昌龄《芙蓉楼送辛渐》

【赏析】朋友啊，洛阳亲友若是问起我来，请跟他们说我没有受到世俗的干扰，心依然如同玉壶里的冰那样纯洁干净。

名句应用

不知不觉，春天飘然而至，在渐渐泛绿的山丘上燃起了如火的春色，融化了冬日的冰冷寒意。轻柔的风夹着湿润的芳香，吹醒了睡了一整个冬天的柳树。在远处看时感觉小草嫩绿嫩绿的，等走到近处时，却看不出一点儿绿色，这大概就是韩愈所说的草色遥看近却无吧！

赠友（节选）

◎ 朱自清

你的手像火把，
你的眼像波涛，
你的言语如石头，
怎能使我忘记呢？

你飞渡洞庭湖，
你飞渡扬子江；
你要建红色的天国在地上！

地上是荆棘（jīng jí）呀，
地上是狐兔呀，
地上是行尸呀；

第六章 感受友情的无穷力量

你将为一把快刀，
披荆斩棘的快刀！
你将为一声狮子吼，
狐兔们披靡（mǐ）奔走！
你将为春雷一震，
让行尸们惊醒！

我爱看你的骑马，
在尘土里驰骋——
一会儿，不见踪影！

走近诗人

朱自清（1898—1948），原名自华，字佩弦，号秋实，祖籍浙江绍兴。现代著名散文家、诗人、学者。朱自清的散文有着独特的艺术风格和审美旨趣。代表作有散文集《荷塘月色》《背影》等，其中《背影》被誉为"白话美文的典范"。

诗临其境

《赠友》这首诗是朱自清1924年发表于《中国青年》杂志上的一首诗。

诗的开头运用三个比喻句，从不同角度赞美了友人的高大形象。把手比作火把，歌颂友人掌握了革命真理，引导中国人民奋力前进；把眼睛比作波涛，歌颂友人对革命的满腔热血；把言语比作石头，歌颂友人的革命意志坚强。

接着诗人把旧社会比作"荆棘""狐兔""行尸"，并对旧社会表达了强烈的愤慨之情以及贬责。

然后诗人将友人的革命实践与诗文分别比作"快刀""狮子吼"与"春雷"，热情歌颂了友人敢于反抗黑暗现实的革命精神。

🖋 大师名句

大漠沙如雪,燕山月似钩。
　　——(唐)李贺《马诗》

　　【赏析】月光下,沙漠像铺上了一层皑皑的白雪。连绵的燕山山岭上,一弯明月当空,如弯钩一般。

但使龙城飞将在,不教胡马度阴山。
　　——(唐)王昌龄《出塞》

　　【赏析】倘若龙城的飞将李广如今还在,绝不许匈奴南下牧马度过阴山。

春风得意马蹄疾,一日看尽长安花。
　　——唐·孟郊《登科后》

　　【赏析】策马奔驰于春花烂漫的长安道上,今日的马蹄格外轻盈,不知不觉中早已把长安的繁花看完了。

🖋 名句应用

　　这次考试我终于考了一个好成绩,我觉得我的努力终于得到了回报。正所谓春风得意马蹄疾,今天我一整天心情都非常舒畅,路边的小草在微风中舞蹈,好像在为我拍手庆祝。空中的小鸟在欢快地歌唱,仿佛是在为我唱赞歌;天边的晚霞露出了笑脸,好像在分享我的喜悦。